나는 초보 중년입니다

나는 초보 중년입니다

초판 인쇄 | 2024. 1. 25
초판 발행 | 2024. 1. 25

지은이 | 박정원, 신성욱, 양지애, 이선미, 조은아, 조혜영
디자인 | 사라
발행인 | 변은혜
발행처 | 책마음

출판 등록 | 2023. 1. 4 (제 2023-1호)
주 소 | 원주시 서원대로 427, 203-1401
전 화 | 010-2368-5823
이메일 | book_maum@naver.com

값 15,000원
ISBN | 979-11-984851-3-7 (03810)

나는 초보 중년입니다

박정원
신성욱
양지애
이선미
조은아
조혜영

책마음

목차

2부 아직 꽃 피기 전

프롤로그

◇◇◇

한국은 굉장히 빠른 시간 안에 초고속 성장을 이룬 나라입니다. 빨리 성장하는 것이 꼭 좋은 것일까요? 그로 인해서 탈도 많지요. 우울증, 자살률, 저출산율 또한 세계에서 높은 순위를 보입니다. 경제적으로 잘 사는 나라에 속하지만, 그에 비해 행복도는 낮은 편입니다.

통계청 기준으로 중년은 40세에서 64세라고 하는데요. 이 기준에 해당하는 지금의 40~50대는 초고속 성장의 문화적, 경제적 수혜를 받은 이들이기도 하지요. 100세 시대에 UN에서는 '100세 시대 생애 주기별 연령'을 새롭게 발표하며 17~65세까지를 청년, 65~79세까지는 중년, 79~99세까지 노년으로 보기도 했습니다. 이 기준에 따르면 지금의 중년들은 아직 청년이겠네요.

어떤 기준으로 중년의 나이를 가르든, 40대 이후, 어른이들의 몸과 마음은 이전과는 확연히 달라집니다. 20, 30대의 속도를 생각하고 달렸다가는 이내 번아웃될 수 있습니다. 은퇴도 앞당겨지고 길어진 노후를 생각하며 숨을 고를 필요가 있습니다.

가족과 사회를 위해서 열심히 달려왔다면 이제는 속도를 조금 늦추더라도 몸과 마음을 조금은 이기적으로 챙기며 삶이라는 땅을 새롭게 다질 필요가 있습니다. 좋은 땅에서 건강하고 싱싱한 열매가 자랄 수 있으니깐요.

40대 이후에는 많은 변화를 체험합니다. 아이들이 자라면서 자녀와의 관계가 변화하고, 직장에서는 연차가 올라가면서 리더십의 자리가 주어지고, 몸이 변하고, 이른 은퇴로 새로운 일에 도전하며 또 다른 꿈을 꾸기도 하고요. 현재의 일을 더 깊고 넓게 확장시켜 나가기도 합니다.

어른이 되면 모든 것이 순조롭게 풀릴 줄 알았지만, 우리에게 주어진 '오늘'이라는 시간은 살아보지 않은 늘 새로운 날이었어요. 더군다나 어른 되는 법에 대해서는 학교에서는 잘 안 가르쳐 주었거든요. 이 책의 저자들은 정책 연구원, 식물 연구원, 의사, 그림책 활동가, 외국어 교육 콘텐츠 기획자, 피아노 선생님으로 활동하는 중년 여성들입니다. 갑자기 맞닥뜨린 어른의 삶을 살아내느라 시행착오를 겪기도 했지만, 삶을 성실히 다져간 이들의 성장 이야기입니다. 이들의 이야기가 어쩌다 마주한 어른의 성장에 조금이나마 위로와 희망이 되기를 바랍니다.

엮은이 변은혜

이렇게 절망과 상실을 통해 우리는 더 깊숙한 감정의 실체에 직면하게 되며, 자신의 감정과 생각을 다룰 줄 아는 어른으로 한 뼘 더 성장해 간다. 그러니 어쩌면 이 절망의 상황이 꼭 우리에게 절망이라고만 할 수는 없을 것이다.

제1부

심호흡하고 시작해 봐

매년 12월 31일,
또 다른 이름 '설렘'

20대의 마지막 밤, 잠을 이루지 못했다

내 나이 29세의 12월 31일.

잠을 자려고 침대에 누웠으나 이런저런 생각에 뒤척이기만 한다. 자고 일어나면 30세, 한 번도 생각하지 못한 나이이다. 무슨 이유인지는 모르겠으나, 나는 쉬이 잠이 들지 못한다. 이제는 정말 나의 청춘은 끝인가? 난 이대로 그냥 늙어만 가는 건가?

여자는 크리스마스 케이크와 같다는 말이 내 마음을 콕콕 찔렀다. 23, 24살에는 비싸고 인기도 많아 사람들이 많이 찾지만 25살이 넘으면 떨이처럼 팔리는 크리스마스 케이크처럼 여자의 인생도 그와 같다고 하는 말이 내 귓가에 맴돈다. 노화도 25세부터 시작된다는데 29세인 나는 이제 늙고 아무런 쓸모없는 퇴물로 전락하는 건 아닌지 겁부터 난다.

내 나이 20살일 땐, 30살이 되면 내가 대단한 사람이 되어 있을 것 같았다. 드라마에 나오는 사람처럼 일도 사랑도 다 쟁취할 것이라 믿었다. 하지만 29살에 나는 그저 아직 아무것도 모르는 햇병아리 신입사원에 불과했다. 30세라는 나이는 아직 어린 나이라는 걸 20살 때에는 깨닫지 못했다. 30대가 이렇게 빨리 올 것이라고는 알았다면 더 열심히 살 걸 하며 후회가 앞섰다. 내 나이 30을 맞을 마음의 준비조차 하지 못하고 29살의 마지막 밤을 지새웠다.

그렇게 30세의 1월 1일을 두려움 속에서 아침을 맞이했다. 아직 초보 딱지도 떼지 못한 하찮은 직장인으로, 아무것도 이룬 것도 없이 걱정만 하다가 말이다. 드라마에서 그리고 선배들이 29살의 12월은 두렵다는 말을 나 또한 실감했다. 내가 경험한 가장 두려운 12월 31일이었다.

30대 초반, 새로운 비상을 꿈꾸다

32세의 12월 31일, 나는 다이어리를 샀다. 회사에서 주는 다이어리 말곤 내 돈으로 산 다이어리는 처음이었다. 다이어리를 펼쳐보았다. 오랜만에 맡아보는 종이 냄새였다. 나는 다이어리 첫 장에 '향후 5년의 목표'라고 한 자 한 자 힘주어 또박또박 적었다. 지금껏 나에게 없었던 인생의 이정표가 처음 생긴 날이다. 이 한 구절만 적었는데도 벌써 설렘으로 가득 찼다. 30대 초반의 내가 30대 중반이 되었을 땐, 어떤 사람이 되어 있을지 궁금했다. 30대 중반에는 내가 과연 무엇을 하고 있을까?

고심 끝에 적은 나의 첫 번째 목표, 박사학위 취득하기.

내가 하는 주 업무는 연구개발을 추진하기 위한 국가의 정책 전략을 수립하는 일이다. 생명공학을 전공한 나는 연구개발에 대한 기초 지식은 있었으나, 정책에 대해서는 무지했다. 나는 일을 좀 더 전문적으로 하고 싶다는 생각에 '과학기술정책'을 배울 수 있는 학교를 검색했다. 아이가 어린것도, 직장인이라는 것도 내가 운전하지 못한다는 것도 걸림돌이 되지는 않았다. 엄마가 아이를 돌봐 준다고 하시니 다행이라고 생각했고, 직장을 다니기에 이론과 실전을 병행할 수 있어서 더 나은 선택이라고 생각했다. 운전을 못 하는 내가 선택한 건

대중교통으로 갈 수 있는 대학이었다.

다행히도 나의 이 마음을 알았는지 목표를 세우는지 1년도 안 돼서 나는 대학원에 합격하였다. 처음 다이어리에 적은 첫 번째 목표의 초석이 마련되었다. 이대로 박사과정을 무사히 마치길 기도하며 2년간 열심히 학교에 다녔다. 공부와 직장 생활을 병행하기가 쉽지는 않았지만 그래도 학교에 가면 기분이 좋았다. 회사에서의 스트레스가 학교 정문을 들어서는 순간 싹 풀리곤 했다.

나의 첫 번째 목표를 이루기 위한 발버둥

내가 원하던 대학원에 진학하였고 새로운 학문을 공부하는 재미에 빠졌다. 공부와 직장 생활, 육아를 병행하다 보니 밤새는 날이 잦았고 내 생활에도 조금씩 균열이 시작되었다. 너무 무리해서일까? 내가 공부를 시작한 2년 동안 대상포진을 3번이나 앓았으며, 2번의 독감을 겪어야만 했다. 심장에도 무리가 와서 심장 검사만 3번 넘게 했다.

아이가 깨어 있을 때 공부하는 건 쉽지 않았다. 내가 공부하려고 컴퓨터를 켜는 순간 아이는 달콤한 사탕에 홀린 듯 내 컴퓨터로 다가와서는 나를 방해하곤 했다. 나는 결국 아이가 잘 때 공부하는 방법을 택할 수밖에 없었다. 아이를 재우면 밤 10시~11시, 그때부터 공부를 시작하면 새벽 2~3시에나 잠을 잘 수 있었다. 아이를 재우고 다시 일어나서 공부하는 건 너무나도 큰 도전 과제였다. 가끔은 같이 잠이 들 때도 있고, 11시나 12시에 다시 일어나야 한다는 부담감 때문에 항상 긴장하면서 누워있어야 했다. 이런 생활이 반복될수록 나는 여기저기 아픈 곳이 늘어났고, 체력도 바닥나기 시작하였다. '공부를 계속해야 할까? 아니면 그만둬야 할까?', '내가 이 생활을 계속해야 하는 것인가?' 이런 생각들을 하며 선택의 갈림길에 서게 되었다.

어느 날, 한 변호사가 쓴 《나의 하루는 4시 30분에 시작된다》라는 책이 내 눈에 들어왔다. 이 책을 읽는 순간 나의 목표를 이루기 위한 해결 방법이 생각이 났다. 바로 새벽 기상 즉, 미라클 모닝이었다. 아이를 재울 때 같이 자고 새벽에 일어나 공부하리라 마음먹었다. 매일 저녁 9~10시에 잠자리에 들고 새벽 4시에 일어났다. 이렇게 3개월이 지나자, 그 습관이 몸이 베이고, 아팠던 내 몸도 점점 좋아졌다. 오히려 새벽에 공부하니 집중이 잘 돼서 더 많은 분량을 공부할 수 있었다.

체력을 키우기 위해 운동을 시작하였다. 운동이라고는 담을 쌓고 지내는 나였으나 일단 헬스장부터 등록했다. 운동해 본 적이 없다 보니 전문 트레이너에게 운동을 배워보기로 했다. 매주 3번 수업, 2번의 운동 숙제가 있다 보니 책임감으로 매일 빠지지 않고 헬스장에 출근 도장을 찍었다. 처음에는 운동하는 날보다 아파서 누워있는 날이 더 많았다. 그렇게 하루 이틀, 한 달이 지날수록 살도 빠지고 근육도 생기니 운동에 재미가 붙기 시작하였다. 운동한 지 3개월 만에 10kg이 빠졌고 아팠던 몸도 점차 회복되었다.

매년 12월 31일,
나에게 기적이 일어나는 마법 같은 날

매년 12월 31일, 이제는 나의 부적처럼 다이어리에 목표를 적기 시작하였다. 꿈도 꿀수록 커진다고 했던가. 나의 목표는 처음에는 하나였으나, 한 해 두 해 시간이 지날수록 내가 이루고 싶은 것이 늘어나기 시작했다. 35세의 12월 31일, 또다시 나는 다이어리의 나의 목표를 적었다.

1. 학술 논문 출판하기
2. 바디프로필 찍기

박사학위를 취득하기 위해서는 먼저 학술 논문을 출판하여 내가 연구를 할 수 있는 사람임을 증명해야 했다. 처음에는 막막하기만 했다. 어떤 주제와 방법으로 내 연구를 풀어나가야 할지 머릿속이 복잡했다. 이때 매일 꾸준히 하는 게 중요하다고 생각하며 새벽 공부도 게을리하지 않았다. 이렇게 공부한 지 1년 만에 내가 작성한 논문이 출판되었다. 처음으로 학자로서 인정을 받게 되니 구름 위를 걷는 것 같았다.

예전에 운동했을 때는 한 달도 못 채우고 그만두곤 했는데, 이번에는 6개월 이상 운동을 하는 내 자신을 발견하였다. 사실 나는 운동은 숨쉬기 운동이 최고라고 믿는 사람이었다. 나는 운동하면 안 되는 사람이라는 생각까지도 했다. 하지만 운동을 통해 아프던 몸이 나아지고, 절대 뺄 수 없을 거로 생각했던 살이 빠지니 이 모습을 남겨 두고 싶었다. 그래서 세운 또 다른 나의 목표, 바디 프로필 찍기. 이 목표를 다이어리에 쓰고 난 이후부터 운동이 더 재미있어지고, 체중 감량을 위한 식사도 너무 맛있게 느껴졌다. 이상하리만큼 다이어리에 목표를 적으면 마법처럼 이루어졌다. 35세 나의 생일날, 내 생일 선물로 바디프로필을 찍으면서 나의 한 해는 마무리되었다.

36세 12월 31일, 나는 연말 행사처럼 다이어리 첫 장을 폈다. 이번에는 꼭 이루어지길 바라며 '박사학위 취득하기'를 커다랗게 적어놓았다. 이미 출판한 논문을 좀 더 발전시켜 박사학위 논문을 작성하기로 한 것이다. 내가 처음 다이어리를 쓰기 시작할 때 작성했던 목표를 이제는 이루어야겠다고 마음먹었다. 이미 내 몸에 장착한 새벽 공부, 매일 하던 운동이 바탕이 되어 나는 매일 새벽 4시에 논문을 쓰기 위해 책상에 앉았다. 매일 운동하다 보니 체력도 좋아져서 공부하는 것이 힘들지 않았다. 이렇게 1년, 나는 내가 작성한 박사학위 논문을 논문심사위원들 앞에서 발표하였고, 그들은 나의 논문에 대해 열띤 토론을 했다. 그리곤 나에게 던진 한마디

"박정원 박사님, 축하합니다. 학위 논문 통과하셨습니다."

이 말을 듣는 순간 눈물이 핑 돌았다. '내가 드디어 박사학위를 취득했구나.' 30대 들어 처음으로 쓴 다이어리의 첫 목표 '박사학위 취득하기'가 드디어 이루어진 것이다. 내가 다이어리 첫 장에 쓴 목표들이 나에겐 기적을 가져다주는 마법과도 같았다. 매년 12월 31일은 나에게는 그렇게 기적의 날이 되었다.

다시 찾아온 30대의 마지막 밤, 또다시 잠 못 드는 밤

오늘은 39세의 마지막 밤인 12월 31일. 이젠 곧 40대를

앞두고 있다.

29세의 12월 31일처럼 또다시 앞자리가 바뀌는 날이 되었다. 10년 전 그때처럼 잠이 쉬이 들지 않는다. 그런데 10년 전의 느낌과는 다르다. 그때는 30대가 되는 것에 대한 불안감, 두려움이었다면 지금은 내일 소풍 가는 아이처럼 설렘으로 가득하다. 이제 매년 12월 31일은 나에게는 마법 같은 날로 바뀌었다. 오늘 우연히 본 20대의 다이어리에 적힌 한 문구가 내 눈에 들어왔다.

"매일 1mm씩 성장하자"

20대의 나의 좌우명이다. 하지만 직장 생활에 찌들어있고 결혼과 출산을 하면서 내가 좌우명이라는 것을 가지고 살았는지 인식조차 하지 못하고 살았다. 이 문구를 보는 순간, 난 온몸에 전율이 흘렀다. '왜 지금까지 이 좌우명을 잊고 살고 있었을까?', '내가 원하는 걸 이루기 위해서는 노력이 필요한데 왜 이걸 간과하고 있었을까?'라는 생각에 부끄러움이 밀려왔다.

매년 12월 31일은 어떤 목표를 세울지 어떤 도전을 할지, 내가 더 이상 무엇을 할 수 있을지 생각하고 계획을 세우는 것만으로도 너무 행복하다. 나의 목표를 다이어리에 적으면 마치 마법과 같이 이루어지는 것이 신기했다.

29살에 나는 나이 드는 것이 두려웠는데, 39살의 나는 한 살 한 살 나이를 먹는 것이 기쁨으로 다가온다. 내년에는 또 내가 얼마나 성장할 수 있을지 내가 얼마나 많은 것을 해낼 수 있을지 궁금하다. 오늘도 새 다이어리를 산다. 이 다이어리 첫 장에는 또 어떤 도전을, 어떤 목표를 쓰고 이룰지 상상하며 온통 설렘으로 가득하다.

박정원의 글

이 죽일 놈의
짝사랑

나의 비밀,
짝사랑하는 사람이 생겼어요

나에게 비밀이 생겼다. 바로 그 비밀은 바로, 내가 두 사람과 사랑에 빠졌다는 사실이다. 누구에게도 말할 수 없다. 나의 가장 친한 친구에게도 말할 수 없는 비밀이다. 더군다나이 두 사람은 나에게 그리 관심이 없다. 나만 좋아하는 짝사랑이다. 이 두 사람만 생각하면 나는 가슴이 미어질 듯 아프다.

나는 사실 사랑에 대해 잘 모르는 것 같다. 나의 에고(자아)가 너무 강해서일까? 마치 나는 나르시시즘과 같은 사람처럼 나에 대한 사랑이 너무 크다. 정말 다른 사람을 향한 애절한 사랑, 가슴이 미어지는 사랑을 해 본 적이 없는 것 같다. 그 당시에는 내가 사랑하는 남자가 너무 좋아서 그와 함께 불구덩이라도 뛰어들 수 있을 것 같았는데 막상 시간이 흐르면 처음 감정은 사라지고 나의 시간을 잡아먹는 사람처럼 느껴졌다. 목숨까지 바칠 수 있을 것 같은 남자였으나 어느 순간 그 사람보다 내가 더 중요한 사람이 되어버리곤 했다.

8년 동안 이어진
나의 첫 번째 짝사랑

하지만 그런 나에게 너무나도 사랑하는 사람이 생겼다. 지금 나는 짝사랑 중이다. 그 사람을 사랑한 지 벌써 8년째이다.

그냥 보고만 있어도 행복하다. 이 사람이 없으면 난 어떻게 살 수 있을까 싶어 자다가도 놀라서 밤잠을 설치기도 한다. 그 사람이 아프면 내 마음은 찢어질 듯 아프고 대신 아팠으면 하는 마음이 앞선다. 그 사람이 혹여 다칠까 봐 세상에 상처받을까 봐 전전긍긍하고 어떻게든 아무 탈 없기를 매일 매일 기도한다.

혹자는 그런 사랑을 왜 하냐며, 지금이라도 당장 그 사람에 대한 마음을 접으라고 하겠지만 그게 쉽지 않다. 나의 첫사랑이자 8년 동안 짝사랑 중인 사람, 내 사랑이 부족한 것인지 서툰 것인지 그 사람은 이런 나의 사랑을 잘 받아주지 않는다.

때론 모진 말로 내 마음을 후벼 파기도 하고 나를 괴롭히기도 한다. 나보다 다른 사람을 더 좋아하고 다른 사람과 보내는 시간이 더 많을 때도 있다. 난 온종일 그 사람만 생각하고 더 많은 시간을 보내고 싶은데 말이다. 하지만 그 모습마저도 밉지 않고 난 내 탓만 한다. 내 첫사랑이 너무 서툰 거라고 자책하곤 한다. 서툴지만 나의 짝사랑은 쉬이 끊을 수 없다. 아마 이 사랑은 내가 죽을 때까지 지속될 것 같다. 왜냐하면 이 짝사랑의 상대가 바로 '나의 아들'이기 때문이다.

엄마가 처음인 나는 아직 서툰 것이 너무 많다. 사랑을 준다고 줘도 이 아이는 이따금 나를 원망한다. 그렇다고 해서 내가 끊을 수 있는 사랑도 아니다. 아마 내 나이 40세가 넘으면 나는 이 짝사랑에 더 많은 상처를 받을 수도 있다. 사춘기라는 이름으로 나와 멀어질 수도 있고, 내 사랑을 온전히 다 표현할 수도 없는 시기도 올 것이다. 지금이야 품 안에 자식이라고 내 사랑에 조금씩 반응하지만, 내 나이 45세, 우리 아들 15세가 되면 내 짝사랑은 어떻게 변할까? 정말 이 죽일 놈의 짝사랑은 지속이 될까?

아이가 점점 자라면서 어떤 형태의 사랑으로 올지 두렵기만 하다. 하지만 내가 끊을 수 없는 짝사랑이기에 아무 이유 없이, 한 번도 상처받지 않은 것처럼 사랑해 보려고 한다. 내가 눈 감는 날까지 알아주지 않아도 좋다. 그냥 사랑할 수 있는 것만으로도 나는 너무 행복하고 때로는 황홀함까지 느낀다. 나의 첫 번째 짝사랑 상대는 내가 사랑을 받는 것보다 주는 것이 더 좋으니 말이다.

방금 시작된 연인 같은
나의 두 번째 짝사랑

또 다른 나의 짝사랑 상대, 이 사람은 도대체 어떤 사람인지 알 수가 없다. 나 말고는 그 사람을 제일 잘 아는 사람은 없다고 자만하지만, 그 자만에 늘 한 방 얻어맞는다. 조금만 잘해주면 나를 하녀 대하듯 무시하고, 조금만 소홀히 대하면 짜증과 원망이 나에게 돌아온다. '도대체 어쩌라는 거니? 도대체 너의 마음이 어떤 거야?' 아무리 물어봐도 대답하지 않는다. "내가 말하지 않아도 알아야 하는 거 아냐?"라는 대답만 돌아올 뿐이다.

어느 날 갑자기 기분이 좋지 않다고 해서 그 사람이 좋아하는 단팥빵을 사서 그에게 달려간다. 하지만 그 사람은 "나 지금 다이어트 중인 거 몰라. 살찌는데 이걸 사 오면 어떻게?"라며 나에게 핀잔을 준다. 또 어떤 날은 너무 슬프다며 단팥빵을 사서 오라고 한다. 어떻게 하라는 건지 갈피를 잡을 수 없다. 그래도 힘들 때나 슬플 때 그 사람은 항상 나를 찾는다. 자신의 힘듦을 알아달라고, 자신의 슬픔을 같이 슬퍼해 달라고 말이다. 그 사람을 가장 잘 아는 것은 나인 듯하다. 그럴 때마다 항상 나를 찾는 것 보니 말이다.

기분이 좋을 때도 함께 축하할 일이 있을 때도 그 사람은 나를 찾는다. 내가 가장 기뻐하고 내가 가장 그 사람을 자랑스러워한다는 것을 그 사람도 알고 있다. 하지만 왜 그 사람은 나의 이 사랑을 온전히 받아주지 않을까? 나는 그게 항상 의문이다. 기분을 맞춰 행동한다고 하지만 늘 핀잔과 원망을 듣는다.

하지만 나는 이런 변덕쟁이인 사람과 사랑에 빠졌다. 지금까지는 내가 사랑해 주지 않았지만, 지금이라도 내가 사랑하지 않으면 안 될 것 같다. 지금까지 살면서 한 번도 이 사람을 알아보려고 하고 온전히 사랑해 주지도 못했다. 내가 이 세상에서 가장 사랑해야 하는 사람인데도 말이다. 내가 정말 이 사람을 사랑해야만 나도, 또 그 사람도 이 세상에서 아무 탈

없이 살 수 있을 것 같다. 이 사람이 아무리 변덕을 부려도 나를 원망하더라도 난 이 사랑을 멈출 수가 없다. 그 사랑의 주인공이 바로 '나 자신'이기 때문이다.

어느 날 문득, 나는 온전히 온 마음을 다해 나 자신을 사랑한 적이 있는지 의문이 들었다. 우리가 처음 사랑하는 사람을 만나고 사랑을 시작할 때는 그 사람에게 잘 보이기 위해 노력한다. 하지만 나는 나를 사랑해야 한다는 것을 알면서도 나를 온전히 사랑하지 못하고 나에게 잘 보이기 위한 어떤 노력도 하지 않는다.

10대에는 친구가 나에게 가장 소중한 사람이었고 친구에게 잘 보이기 위해 노력했다. 친구가 좋아하면 나도 따라 좋아하고 친구가 싫어하면 나도 따라 싫어하기도 했다. 친구의 기분을 맞추느라 내 기분을 살피지 못할 때도 있었다. 때론 내가 하고 싶은 대로 하고 싶어도 친구가 싫어하는 것이라면 나 또한 하지 않았다.

20대에는 남자 친구를 나보다 더 사랑했다. 남자 친구에게 잘 보이려 이쁜 옷도 있고 그가 좋아하는 머리 스타일을 고집하기도 했다. 이 남자만 있으면 이 세상에서 못 할 건 없었고, 이 사람과 함께라면 난 지옥이라도 같이 갈 수 있을 것 같았다. 그 사람의 말이 나에게는 법이었고 그에게 잘 보이려 더 신경을 쓰곤 했다.

30대에 나는 한 아이의 엄마가 되었다. 이때부터 내 아이가 나에게 가장 사랑하는 사람이 되었다. 엄마가 되었다는 기쁨과 함께 나는 너무나도 막중한 책임감에 사로잡혔다. 아이가 크면 클수록 이 아이에게 눈을 뗄 수가 없었다. 자식을 이기는 부모는 없다고 하지 않던가? 난 자식에게 지는 부모가 되지 않겠다고 결심하다가도 결국엔 항상 자식에게 졌다. 내 우주가 온통 자식으로 가득 차 있었다. 아이를 대신해서 내가 죽을 수도 있을 만큼 아이에 대한 사랑이 커져만 갔다.

　　돌이켜보면 내 인생에서 한 번도 내가 나를 사랑해 준 적이 없었다. 10대에는 친구, 20대에는 남자 친구, 30대에는 자식이, 나보다 더 소중하고 사랑하는 사람이었다. 하지만 40살을 바라보고 있는 나이가 되니 나를 온전히 사랑하는 게 정말 힘든 일임을 깨달았다. 내가 나를 사랑하지 않으면 누구도 온전히 사랑하지 못함을 깨달았다. 이제부터라도 '나 자신과 연애'를 해 보고자 한다. 내가 처음 남자를 사랑하듯 지금 우리 아들을 사랑하듯 나 자신을 짝사랑 상대로 사랑해 보려고 한다.

　　우리는 연애할 때, 그 사람이 어떤 걸 좋아하는지 싫어하는지 알고 싶고, 그 사람을 어떻게 하면 더 많이 사랑하고 사랑받을 수 있을지 고민한다. 늘 그 사람에게 집중하고 그 사람의 행동, 표정, 감정에 예민하게 반응한다. 나보다도 그 사람이 좋아하는 걸 하고 그 사람이 좋으면 나도 따라 기분이 좋아진다. 그런데 정작 나는 나를 그렇게 사랑한 적이 있을까? 정말 내가 좋아하는 것이 무엇이고, 내 표정 변화에 민감하게 반응하고 나를 더 사랑하기 위해 나에게 해 준 것들이 있을까? 다른 사람을 사랑할 때는 온 마음을 다해 사랑하면서 정작 내가 가장 사랑해야 하는 나에게는 온 마음을 다해 사랑하고 있는 걸까?

그래서 난 나 자신을 짝사랑하기로 결심했다. 이제는 내 표정에, 내 감정에 조금씩은 마음을 여는 법을 배우려고 한다. 오늘도 난 내가 좋아하는 걸 해 주길 위해 온 마음을 다하고 혹여나 삐질까 봐 전전긍긍하며 나를 짝사랑하고 있다.

박정원의 글

중년이라는 단어는
왜 두려움이 되었을까?

중년, 아직은 나에게는 머나먼 이야기

중년, 국어사전을 찾아보면 '마흔 안팎의 나이, 또는 그 나이의 사람'이라고 적혀 있다. 이제 곧 마흔을 바라보는 나이지만 중년이라는 단어는 왠지 나에게는 머나먼 저 세계의 얘기처럼 들린다.

내 주변의 선배들은 나에게 진심 어린 충고들을 한다. "30대랑 40대는 몸 상태가 달라. 30대부터 몸 관리 잘해야 해", "아이 사춘기랑 엄마의 갱년기가 같이 오면 그 집은 전쟁이

한바탕 벌어져." 이런 말을 들을 때면 나에게 오지 않은 40대가 두려움으로 휩싸이고 30대가 영원했으면 한다. 왜 우리는 중년이, 40세라는 나이가 두려운 걸까? 이 두려움은 근원은 어디서 오는 걸까? 나이 들어가는 것이 사람들에게 그리고 나에게 부정적인 것으로 인식될까? 나는 이런 궁금증을 풀고 싶었다.

내가 기대한 40대

스무 살 대학에 다니던 시절, 교수님들은 대부분 40대였다. 대학생 때는 40이라는 나이가 되면 자신의 분야에서 성공한 어른이 되어 있을 줄 알았다. 내가 원하는 직업을 갖고, 집과 차도 가지고 있고 돈도 많이 벌고 있는 어른, 그리고 나보다 어린 사람들에게 존경받는 그런 어른이 되어 있을 것이라고 막연히 상상했다. 하지만 막상 현실은 나의 기대와는 너무 달랐다. 분명 내가 20대 때 바라본 40대는 너무나도 멋있는 사람이었는데, 나는 아직도 한참 모자란 사람인 것 같아 한숨부터 나오곤 한다.

내 나이 15살, 중2병이라는 사춘기가 한창일 때 우리 부모님이 처음으로 40세라는 중년에 발을 담그셨다. 그때 부모님은 나에게는 너무나 큰 버팀목이었고 나의 모든 문제를 다

해결해 줄 수 있는 사람처럼 느껴졌다. 내 고민을 상담해 주는 가장 뛰어난 조언자이자, 내 길을 밝혀주는 안내자가 바로 우리 부모님이었다. 하지만 지금 40세를 앞둔 나는 우리 부모님 같은 부모인지 잘 모르겠다. 아들과 게임하면서 내가 이기려고 하고, 서로 보고 싶은 TV 프로그램을 보겠다고 싸우고 있는 모습을 볼 때면 그냥 내 수준은 아직 우리 아들과 비슷한 것 같다. 난 우리 부모님 같은 부모, 어른으로 성장하고 싶었는데 말이다.

왠지 40세에는 내 분야에서 전문가가 되어 있어야 할 것 같고, 경제적으로도 풍요로워야 할 것 같았다. 하지만 지금의 내 모습을 보면, 아직도 배울 게 한참 남은 어린아이 같고, 경제적으로도 늘 쪼들리며 살고 있다. 아직 내가 무엇을 잘하는지, 언제 경제적으로 풍요로울 수 있는지 잘 모르겠다. 내가 생각한 40대와는 너무 딴판인 현실을 보며 40대가 되기가 두려웠다.

40대, 왜 나에게는 두려움이 되었을까

40세를 다른 말로는 불혹(不惑)이라고 한다. 불혹은 공자의 《논어》에 나오는 말로 '세상일에 정신을 빼앗겨 갈팡질팡하거나 판단을 흐리는 일이 없게 되었음'을 뜻한다. 하지만 지금 내 모습을 보고 있노라면 불혹이라는 단어가 무색하다. 아직도 나는 세상일에 정신을 빼앗겨 사니 말이다. 무엇이 옳은지, 어떤 선택을 해야 더 나은 선택인지 매일 헷갈려 선택하기 힘들다. 불혹이라는 단어가 나에게는 너무나도 무거운 십자가처럼 느껴진다.

내 나이 40세가 다가올수록 나를 유혹하는 많은 사건과 말들이 있다. 분명 내 신념대로 행동하면 괜찮을 것으로 생각하지만, 사람들의 말 한마디에, 시선 한 번에 내 말과 행동을 철회하곤 한다. 판단을 흐리는 일이 없는 멋진 어른으로 성장해야 하는데 아직도 난 어떤 상황에서 어떤 판단으로 말과 행동을 해야 할지 잘 모르는 나 자신을 발견한다.

어느 날, 한 선배를 만났다. 분명 20대에는 멋있는 사람이었는데 40대 중반이 되어가는 선배는 흰머리가 희끗희끗 보이고, 눈가에 주름도 보였다. 예전에는 누구보다 예쁜 선배였는데 언제 이렇게 나이가 들었는지 세월이 무색하게 느껴졌다.

선배는 나에게 이제 나이를 한 살 한 살 먹는 게 두렵다고 했다. 가장 두려운 건 내가 나이를 먹는 만큼 아이와 지낼 수 있는 시간이 줄어드는 것이라고 했다. 이 선배는 늦은 나이에 아이를 낳아 아직 어린아이를 보고 있으면 내가 이 아이와 지낼 수 있는 시간이 얼마나 남아 있을지 몰라서 무섭다며 한숨을 쉬었다. 아이가 크는 만큼 나는 나이를 먹을 테고 그럼 나의 생명 시간은 줄어드는 것 같아서 서글픈 생각까지 든다고 하였다. 아이와 함께하는 순간은 즐거움이지만 내가 늙어가고 있음이 두렵다는 말에 가슴이 미어졌다.

드디어 밝혀진 두려움의 원천

어느 날 밤, 잠자리에 든 우리 아들이 대성통곡을 하며 울었다. 엄마가 죽은 꿈을 꿨다고 말이다. 울면서 우리 아들이 나에게 말했다.

'엄마, 죽으면 안 돼. 그리고 늙어도 안 돼. 매일 매일 지금 나이로 살아야 해.'

나 또한 늙지도 죽지도 않고 싶지만, 그게 말처럼 쉬운 게 아니라 쉬 약속하진 못했다. 사람은 누구나 죽지만 내가 죽는다는 생각을 한 적은 거의 없었다. 아들의 꿈 이야기와 선배의 말이 겹치면서 나는 중년이 된다는 것이 두려움으로 다가왔다. 난 50세가 되면 육아 해방이라는 희망에 부풀어 있었다. 요즘 50은 청춘인데 아이를 대학에 보내고 나면 나는 해외여행도 다니고 내가 하고 싶은 걸 하고 살 수 있다며 행복에 젖어 있었다. 하지만 나이가 들면 죽는다는 것을 무서워하는 아들을 보며 나 또한 무서워졌다.

누구나 나이가 들어가지만 그래도 앞자리가 바뀐다는 건더 큰 책임감과 부담감으로 다가오는 것 같다. 그래서인지는 몰라도 공자도 20세를 '약관(남자), 방자(여자)'로, 30세를 '이립'으로, 40세를 '불혹'이라고 명명하지 않았을까 싶다. 공자의 이 불혹이라는 말이 40세라는 나이의 무게를 더하는 것 같다. 40세에는 육아와 함께 부모님을 부양해야 한다는 무게에 더해 직장에서는 중간관리자로 책임져야 할 것이 많아지는 나이이다. 하지만 아직 나에게 40세라는 나이는그 어느 것도 제대로 하지 못하는 아둔한 사람으로 느껴진다. 아직 아무것도 이루지 못한 내 삶에 대해, 그리고 세상의 일에 대한 내 신념이 굳세지 못하다는 것에 대한 자책이 쌓여만간다. 아직도 다른 사람의 말에, 다른 사람의 행동에 아직도이리저리 흔들리며 줏대 없는 사람처럼 행동한다.

이렇듯 나에게는 사랑하는 가족, 특히 눈에 넣어도 아프지않을 자식과 헤어질 수 있다는 것과 불혹이라는 그 단어의 뜻처럼 살아가지 못하는 것이 나에게는 두려움으로 다가오는것이 아닐까? 사실 죽음보다는 내 삶이 아직도 흔들리고 있음이 나에게는 더 큰 두려움으로 다가온다. 이 두려움을 떨쳐보려 오늘도 책을 펼쳐본다. 책에 내가 불혹의 나이에 맞게

살 방법이, 그리고 제대로 된 판단을 할 수 있는 해답을 찾을
수 있길 바라면서 말이다.

박정원의 글

중년, 죽음을 준비하다

내가 기억하는 첫 죽음의 순간

내 나이 27살, 내 결혼식을 일주일 앞둔 날 우리 외할머니가 돌아가셨다. 돌아가시기 전 온 가족이 함께 다 모였고 신부님께 안수받고 돌아가셨다고 했다. 엄마 얘기로는 그래도 다른 분들에 비하면 호상이었다고 한다. 결혼식을 앞두고는 장례식을 가는 게 아니라며 아무도 나에게 외할머니의 죽음을 알려주지 않았다. 어른들의 마음도 이해되었지만 그래도 나만 외할머니의 장례식을 지키지 못했다는 죄책감과 임종을 지키지 못했다는 자괴감이 엄청나게 몰려왔다. 우연히 외할머니가 돌아가셨다는 걸 알았으나, 너무 어려서인지 아니면 그 미신을 믿어서인지 나는 결국 장례식장에 가지 않았다. 그러곤 일주일 후 내 결혼식에 외갓집 모든 식구가 참석하였다.

결혼식 당일, 외숙모가 신부 대기실에 오셔서는 나에게 말을 건네셨다.

"외할머니가 네 결혼식 가라고 결혼식 일주일 전에 돌아가셨나 보다. 외할머니 병시중 때문에 우린 참석 못 했을 뻔했데이."

나는 이 말을 듣고 나의 죄책감이 한층 덜어지는 기분이었다. 신혼여행을 다녀 온 나에게 아빠는 "너희 엄마, 이제 고아 됐다."라며 놀리곤 했는데 난 이게 오히려 외할머니의 빈자리를 아빠의 장난기로 채우는 것 같아 안도가 되었다. 엄마를 잃은 우리 엄마가 더 슬퍼하지 않게 하려는 아빠의 유머가 난 좋았다. 이때 만해도 죽음은 나에게 슬프기만 한 감정은 아니었다. 나에게 죽음은 끔찍이도 사랑하는 손녀 결혼식에 온 식구가 참석하라는 외할머니의 배려처럼 온화하게 다가왔으며, 딸을 시집까지 보낸 50세가 넘은 엄마를 고아라고 놀리는 아빠의 유머처럼 가볍게 느껴졌다. (고아는 부모가 없는 아이라는 뜻인데 말이다.).

나에게는 조금 가벼웠던 죽음

나는 요즘 부쩍 엄마와 죽음에 관한 얘기를 나눌 일이 많다. 우리 엄마 나이 예순여섯, 엄마 친구의 어머니, 아버지들의 장례식이 점차 잦아지고 있다. 요즘에는 백세시대라고 하니 엄마 친구의 어머니, 아버지들은 80세 후반, 90대 초반인 분이 대부분이다. 우리 큰아버지만 해도 작년에 돌아가셨는데 그때 큰아버지의 춘추가 91세였다. 이렇게 엄마는 장례식에만 다녀오시면 죽음에 대해 나와 한참을 얘기했다. 장례식과 묘 쓰는 비용과 같은 경제적인 얘기부터 장기 이식, 연명치료와 같은 윤리 문제까지 죽음과 관련된 광범위한 주제를 얘기하곤 했다.

엄마가 가끔 장례식장에 다녀와서 나에게 하는 말이 있다.

"그 집 묘를 쓰는데 천만 원 들었다더라. 죽어서 그 돈 들여서 좋은 명당이 묻히면 머할꺼고. 니는 그런 쓸데없이 돈 쓰지 말고 내 살아 있을 때 여행이나 다니라고 그 돈 지금 나한테 주라. 죽어서 하는 게 효도가? 살아 있을 때 하는 게 효도지."

이 말에 나는 엄마와의 여행 계획을 짜곤 했다. 비행기 타는 것을 좋아하는 우리 엄마가 나 때문에 애 보느라 여행도 가지 못한 것에 대한 죄책감을 한 스푼 얹어서 말이다. 이때

만해도 그냥 엄마와 나는 죽음을 이렇게 가볍게 얘기하고 웃으며 얘기할 수 있었다. 하지만 엄마와 아빠의 죽음을 가볍게 얘기하기 힘든 순간이 나에게도 찾아왔다.

어느 날, 갑자기
우리 집 현관으로 죽음이 들어왔다

날이 화창해서 눈이 부신 5월의 어느 날, 엄마와 아빠가 나에게 서류 하나를 내밀었다. 그건 바로 DNR(Do-Not-Resuscitate) 동의서였다. 이름하여 연명치료 거부 동의서. 우리 부모님은 기계 장치로 생명을 유지하는 것이 싫다고 하셨다. 주변의 노인들을 보면 다들 주렁주렁 기계를 매달고 생명의 끈을 간신히 붙잡고 있는 걸 보면 본인도 저렇게 될까 겁난다고 하셨다. 그 동의서 서류를 본 순간, 겁이 났다. 벌써 나도 부모님의 죽음을 생각해야 할 나이가 된 것인가 하는 두려움이 밀려왔다. 하지만 겉으로는 아무 내색도 하지 않고 부모님의 의견을 존중한다며 애써 웃어 보였다. 지금, 이 순간, 내가 할 수 있는 최대의 효도였다.

하지만 부모님의 연명치료 거부 동의서 서류를 본 그날의 기억은 나에게는 아직도 두려움으로 남아 있다. 지금도 부모님 없이는 제대로 하는 게 하나 없는 철없는 딸인데 어느 순간 고아가 될까 두려웠다. 한순간에 죽음이 우리 집 현관까지 찾아온 것이다. 늘 함께 있어서 부모님이 늙어가고 있음을 인지하지 못했다. 내 나이가 한 살 한 살 늘어날수록 부모님과 함께할 수 있는 시간도 줄어든다는 생각에 슬펐다. 벌써 내가 부모님의 죽음을 준비해야 한다는 게 믿기지 않았다.

40대, 죽음을 논하다

얼마 전 읽은 《마흔에 읽는 니체》에는 다음과 같은 문구가 적혀 있었다.

'죽음은 삶을 끝내는 것이 아니라 삶을 완성하는 것이다.'

내 나이 40대, 100세 시대를 살고 있기에 혹자는 아직 죽음을 이야기하는 게 너무 빠르다고 말한다. 우리는 모두가 죽는다. 다른 관점에서 보면 우리는 모두 죽음을 향해 달려가고 있다. 다만, 언제 죽을지 모르기에 그 두려움이 클 뿐이다. 옛 어른들의 말씀이 있지 않은가? '오는 데는 순서가 있어도 가는 데는 순서가 없다.' 니체의 책에서 말하듯 죽음이 삶의 끝이 아니라 완성이라고 한다면 나의 삶은 완성으로 귀결하고 있는지 의문이 들었다. 이런 관점이라는 죽음을 논하기에 어린 나이는 없어 보인다.

'내일 멸망한다면 무엇을 하고 싶냐?'라는 질문을 종종 들곤 한다. 이 질문에 나는 그냥 웃으며 '멸망이라면 다 같이 죽는 거잖아. 그냥 아무것도 안 해.'라고 말하곤 한다. 하지만 '내일이 너의 마지막 날이라면 너는 무엇을 하고 싶니?'라는 질문에는 한참 동안 대답을 하지 못하고 망설여진다. 내가 기억하는 모든 사람은 이 세상을 살아가는데 그 세상에 나만 없는 건 너무나도 슬픈 일이다. 나에게도 그리고 남겨진 사람들에게도 말이다.

하지만 낼모레 마흔, 불혹을 앞둔 지금, 이 대답을 해 보고자 한다. 내일이 나의 마지막 날이라면 나는 무엇을 하고 싶을까?

내 생의 마지막 아침이 밝았다. 나는 여느 때와 마찬가지로 새벽 4시에 일어난다. 창문을 열어 새벽 공기를 맡으며 내가 살아 있음에 감사를 전한다. 내가 좋아하는 에티오피아 원두를 갈아 커피를 내린다. 커피의 고소함과 과일의 새콤한 향이 어우러져 커피 향만으로도 정신이 번쩍 든다. 책상에 앉아 영어 공부를 시작한다. 내 생의 마지막 날이지만 영어 공부를 멈출 수 없다. 하늘나라 가서 다양한 사람들을 사귀려면 영어는 필수가 아니겠는가?

오전 11시, 우리 가족이 모두 집을 나선다. 오늘의 햇살이 너무나도 따스하다. 우리 가족들 모두 오늘의 이 따스함을 느끼길 바라는 마음으로 산책을 즐겨본다. 이 산책이 우리 가족이 나를 기억하는 한 조각의 추억이 되길 바라면서 말이다. 그리곤 가까운 식당에 들어가 맛있는 점심을 먹는다.

오후 3시, 나른한 오후 나는 부엌에서 열심히 요리 중이다. 나의 요리는 떡볶이. 엄마가 어렸을 때 해 준 그 떡볶이가 오늘의 간식이다. 이 떡볶이는 평범하지만 평범하지 않다. 떡, 어묵, 삶은 계란, 우동, 라면 사리, 만두, 양파, 당근, 양배추 많이. 떡볶이에 들어갈 수 있는 재료가 총출동한다. 나의 어린 시절에는 이 떡볶이만 있으면 행복했다. 내 아들도 이 떡볶이를 떠올리면 행복하길 바라며 다 같이 둘러앉아 떡볶이를 먹는다.

오후 7시, 온 가족이 함께 저녁을 먹는다. 반찬은 많지 않지만 그래도 다 같이 밥을 먹는 것만으로도 행복하다. 고기를 좋아하는 우리 아들은 불고기만 먹고 있다. 불고기는 고추장을 넣는 거라고 철석같이 믿고 있는 아들이 언젠가 아닌 걸 알았을 때 지을 표정이 궁금하지만 못 보는 게 아쉽다.

오후 10시, 나는 가족들에게 편지를 쓴다. 나 없이 살아갈 우리 가족들에게 말이다. 그동안 늘 사랑으로만 보살펴 준 우리 부모님, 부족한 엄마이지만 엄마 없이 못 살겠다는 우리 아들에게 못다 한 말을 편지에 담아 본다.

중년, 죽음을 준비하다

우리는 모두 죽는다. 이건 불변의 진리이다. 언제, 어떻게 죽을지는 아마 점쟁이도 예언자도 모를 것이다. 하지만 우리가 어떻게 삶을 살아갈지는 선택할 수 있지 않을까? '인생은 B(birth, 탄생)와 D(death, 죽음) 사이에 있는 C(choice, 선택)이다'라는 말처럼 우리의 삶은 매 순간이 선택이고 그 선택이 모여 지금의 내가 만들어진다. 앞에서 얘기한 니체의 말처럼 죽음은 삶의 끝이 아니라 완성이라고 한다면 지금의 내 선택이 내 삶의 완성을 향해가는 출반선이기를 바란다.

배철현 작가님의 《요가수트라 강독 : 삼매》에 이런 문구가 있다. '오늘 하루는 내가 되고 싶은 모습이 되는 과정이어야 한다.' 나는 이 문구를 내 책상 앞에 붙여 놓곤 매일 이 말을 되새기곤 한다. 메멘토 모리(Memento mori)는 "자기 죽음을 기억하라." 또는 "너는 반드시 죽는다는 것을 기억하라"라는 뜻의 라틴어이다. 사실 이 라틴어의 진짜 뜻은 '누구나 다 죽으니, 겸손하라.'라는 뜻이지만 나는 '사람은 반드시 죽으니 오늘 하루를 값지게 보내라.'라고 의미를 부여하고 싶다. 언젠가 내가 죽겠지만 그래도 내가 살아 있는 동안에는 단 하루라도 내가 되고 싶은 모습의 한 부분으로 살아가고 싶다. 그게 내가 내 죽음을 준비하는 방식이다.

생에 마지막 날이라고 해서 새롭고 특별하게 보내고 싶지 않다. 그냥 일상을 살듯 생의 마지막도 내 보통의 일상을 살다 죽음을 맞이하고 싶다. 지금의 삶이 완벽하지 않지만 그래도 내 일상을 지속해서 살아 낼 수 있다면 내 삶이 완성된 것이 아닐까?

박정원의 글

새로운 우주를
만나다

'포기'도 새로운 출발

만 마흔두 살. 설날을 며칠 앞둔 주말, 우리 부부는 시댁 거실에서 시부모님과 마주 앉았다. 우리의 심상치 않은 얼굴에 어른들은 직감한 듯했고, 표정과 눈빛으로 우리를 측은하게 바라보셨다. 서른다섯 동갑내기 부부로 결혼 생활은 평안했다. 우리는 자신의 생활에 충실했고 서로를 사랑했으며, 시부모님과의 관계도 좋았다. 그렇게 완벽하다고 생각했던 일상은 임신이라는 큰 문제가 나타나면서 흔들리기 시작했다. 결혼 전 검사도 좋았고, 결혼하면 아이는 당연히 주어지는 거로 생각했지만, 간절히 원하던 아이는 쉽게 허락되지 않았다.

결혼 3년 차 30대 후반이 되니 마음은 조급해지고, 조급해진 마음은 자신을 괴롭혔다. 산부인과와 한의원을 다니는 게 일상이 되고, 임신에 좋다는 음식과 약, 운동과 산행 심지어 2년간 채식도 했다. 언제일지도 모르는 미래의 아이에게 저당 잡힌 듯 희망과 절망의 한 달 한 달을 보냈다. 매달 나의 몸 스케줄에 맞춰 내 감정도 롤러코스터를 타고 5년의 세월을 더 지나 결혼 8년 차 그날을 맞이했다.

남편은 시부모님 앞에서 나지막한 목소리로 담담하게 준비했던 말들을 해나갔고, 마지막으로 "죄송해요. 더는 못하겠어요. 저희는 지금 행복한 하루를 살고 싶어요. 부모님이 저희를 이해해 주세요."라고 말하고 소리 없이 울었다. 부모님도 어느 정도 체념한 듯 순순히 받아들이시고 우리의 선택을 지지해 주셨다. 결혼 8년 동안 팽팽하게 긴장되었던 모든 것이 한순간에 '툭'하고 끊어지며 온몸에 힘이 빠져나갔다. 그동안의 서러움과 외로움, 원망들이 뒤섞여 하염없이 눈물이 흘렀고, 어머님도 내 등을 토닥이며 아무 말 없이 우셨다.

만 마흔두 살, 우리는 'give up!'을 선택하며 새로운 40대를 살고 싶었다. 풀리지 않는 인생의 숙제를 안고 끙끙대며, 남은 여러 숙제는 손도 못 대는 형국을 벗어나 새로운 숙제를 풀고 싶었는지도 모른다. 마음의 짐을 내려놓으니 새로운 세상을 만날 수 있었다. 지금의 행복을 누리고 싶다는 남편의 말은 우리를 다시 살게 했고 인생의 큰 산을 함께 넘은 동지가 되어 더욱 끈끈한 부부가 되었다. 불쑥 마음속에 파도가 치는 날도 있었지만, 서로를 의지해 파도를 넘고 마음의 평안을 찾을 수 있게 힘이 되어주었다. 사람마다 다른 인생을 살듯 결혼 생활도 각자의 선택이다. 그날의 선택은 우리가 할 수 있는 최선이었고, 그 선택으로 우리만의 행복을 만들 수 있었다.

다, 때가 있다

행복의 대가였을까, 홀가분한 생활은 오래가지 않았다. 그해 여름 시부모님의 건강에 문제가 생겼다. 아버님이 심근경색으로 화장실 앞에서 쓰러지셨고, 가족들은 충격에 휩싸였다. 다행히 강인한 성품의 아버님은 비슷한 상황의 여러 환자 중 유일하게 중환자실 문턱을 박차고 사선을 넘으셨다. 그러나 인생은 호락호락하지 않았다. 아버님 퇴원의 기쁨이 가시기도 전에 어머님이 대장암 진단을 받으셨다. 마치 우리를 시험대에 올려놓은 듯한 시련의 연속이었다. 아버님과 어머님의 병환은 가족에게 미치는 영향이 천지 차이였다. 대장암 수술과 12번의 항암치료 그 지난한 과정은 아이가 없기에 가뿐히 움직일 수 있는 우리 부부의 몫이었다. 생각할 겨를 같은 건 없었다. '그냥 일어난 일들에 후회 없이 최선을 다하자'라는 생각뿐이었다. 돌볼 아이가 없다는 게 오히려 다행이라는 생각까지 들었다. 그렇게 2년 반 정도의 시간이 흐르고 시부모님의 회복으로 일상을 찾아가고 있었다.

나이가 들었음을 실감하는 여러 가지 중 하나는 친구나 지인들의 부모님 병환이나 부고 소식이다. 그렇게 나의 시간도 시부모님을 돌보는 어른의 시간이 되어있었다. 어른의 시간에 불시착한 아이, 새로운 인생이 펼쳐졌다. 간절히 원하던 때 주어지지 않던 일이 머릿속 망각의 창고에서 자신의 존재를 키우고 있었나 보다. 몸의 변화를 알아차리지 못하는 엄마를 채근하듯 아이는 자신이 할 수 있는 최선의 신호를 보내고 있었다. 아이가 보내는 신호를 임신 7주에서야 알아차렸다. 마흔네 살에 받아 든 초음파 사진은 기쁨보다 걱정이었다. 그러나 걱정은 잠시, 나이라는 물리적 시간을 버리면 선택은 분명하다.

물리적 시간은 되돌릴 수 없지만, 우리는 건강했고, 새로운 상황을 받아들이는 데 적극적이었다. 남들이 다 한다는 '아이가 초등학교 갈 때 우리가 몇 살이고, 성인이 되면 몇 살인지…' 이런 나이 계산을 하느라 시간을 낭비하는 대신 하루하루 일 년 이년을 밀도 높여 살아 내자고 마음먹었다. 아이랑 함께 할 물리적 시간의 한계 대신 시간을 뛰어넘어 사랑의 밀도를 높여 살아간다면 아이에게 부족하지 않은 부모가 될 수 있지 않을까?

아이라는 새로운 우주를 기쁘게 받아들이니 이 우주는 새로운 희망이 되었다. 건강을 되찾기는 했으나 예전과는 다르게 풀 죽어 생활하시던 시부모님에게 다시 힘을 내는 기회와 삶의 목표가 되었다. 당시 아버님의 목표는 태어날 아이 손잡고 초등학교 입학식에 가는 것이었다. 지금 그 아이는 한 달 후면 일곱 살이 되고 조만간 초등학교에 입학하는 날이 올 것이다. 아이는 나의 시간에 불시착이 아닌 나의 때에 맞춰 온 것이다. 정해진 때는 없다. 자신에게 가장 알맞은 때만 있는 것이다.

신성욱의 글

육아는 체력전

아이를 키우는 힘

새벽 2시 30분 아이의 "응애, 응애!" 알람 소리에 비몽사몽 눈을 반쯤 겨우 뜨고 젖병에 분유를 계량해 넣고 물을 붓는다. 의식이 없는 좀비처럼 비틀거리다, 식탁 의자에 발을 부딪쳐 '으악' 터져 나오는 비명을 손바닥으로 틀어막고 아이가 놀랄까 아픔을 속으로 삼키고 배고파 우는 아이를 안고 젖병을 물린다. 발가락이 너무 아파 눈물을 찔끔 흘리면서도 아이의 배고픔이 먼저다. 분유를 먹이고 기저귀를 갈고 트림을 시켜 다시 눕혀 재운다.

새벽 3시! 더 자고 싶어 누웠지만, 발가락이 욱신거려 쉽게 잠들지 못한다. 모두 잠든 고요한 새벽 거울 속의 나를 본다. 힘없이 늘어진 머리카락, 핏기 없이 부은 얼굴에 온몸은 맞은 듯 무겁고, 조금 전 식탁 의자에 부딪힌 발가락이 서럽다. 한없이 초라하고 우울한 새벽이다. 간절히 원하던 아이를 옆에 재우고 돌보며 더없이 행복하지만, 하루 종일 나만 바라보는 아이를 돌보는 게 힘에 부친 것도 사실이다. 아이의 탄생은 인생에 다시 없을 환희의 순간이지만, 언제나 그렇듯 환희의 뒤편에는 그만큼의 대가를 치러야 한다.

나이 든 엄마의 처지를 이해 했는지, 아이는 순하고 잠투정도 없는 편이었다. 그러나 마흔이 훌쩍 넘어 아이를 돌보면서 가장 힘든 건 회복되지 않는 몸이다. 돌아오지 않는 몸의 상태는 아이를 돌보느라 회복의 시간은 더 멀어져 간다. 아이는 사랑하기 위해 낳는다지만, 사랑하기 위해서는 체력이 필요하다. 체력이 받쳐줘야 사랑도 온전히 전달할 수 있다.

육아는 같은 일의 끝없는 반복이다. 시간 맞춰 먹이고 재우고, 기저귀를 갈아주며 잠시의 내 시간도 허락하지 않는 노동의 반복이다. 제대로 씻지도 먹지도 못하고 아이의 요구에 응답해 줘야 한다. 하루 종일 끝없는 반복 속에 남편의 퇴근은 한 줄기 빛과 같다. 남편을 아이 옆에 붙여 두면 잠시의 자유가 주어진다. 그러나 여유도 잠시 그때부터는 집안일과의 전쟁이다. 아이가 벗어놓은 옷을 빨고, 젖병을 씻고 청소와 식사 준비를 한다. 마치 세상과는 단절된 유배의 삶 같은 하루하루이다. 유배의 삶은 스펀지 같은 몸에 점점 스미며 나를 침몰시킬 것만 같다.

자신을 구해야 한다. 체력을 기르고 몸의 회복을 위해 엄마도 자신을 돌봐야 한다. 새벽 수유를 마치면 옷을 갈아입고 나가 무조건 걷는다. 남편 출근 시간 전까지 모두 잠든 새벽을 걷는 시간은 운동이라기보다 해방이다. 내 의지대로 무엇이든 할 수 있는 새벽 시간, 어쩔 수 없이 선택한 이 시간이 내 인생을 바꾸는 시작이다. 걸으면서 느끼는 행복감과 혼자인 시간을 보내는 자유가 아이를 돌보는 시간을 빛나게 해준다.

하고 싶은 일이 있으면
체력부터 길러라

새벽 기상은 아이의 배고픔을 해결해 주는 시간이었으나, 수유의 횟수가 줄어드는 만큼 그 시간을 나를 위한 시간으로 만들었다. 처음 새벽 운동은 20분 정도 걷는 것도 힘들었다. 이렇게 몸이 영영 돌아오지 않으면 어쩌나 덜컥 겁이 났다. 체력의 저하는 나의 정신을 지배할 것이다. 몸이 힘들면 자유롭게 사고할 수 없으며 일 처리에 자신감을 잃고 결국 내가 사랑하는 사람들을 힘들게 할 것이 자명하다. 아이를 돌보기 위해서라도 사랑을 온전히 전달하고 육아가 노동을 넘어 삶의 희열이 되기 위해서라도 빨리 몸을 회복해야 했다.

문제를 진단하고 확실한 목표가 생기니 변화는 시작되었다. 새벽 수유를 마치면 다시 자고 싶은 마음을 봉쇄하기 위해 입고 나갈 옷과 물병을 현관 앞에 준비해 두었다. 망설일 시간을 주지 않겠다는 나의 의지를 담았다. 한 달쯤 지나고 나니 점점 예전의 나로 돌아가고 있었다. 무엇보다 혼자인 시간을 즐기며 걷기로 하루를 시작하는 것은 매일의 육아를 견딜 수 있게 했다. 하루를 생기있게 시작하니 아이랑 보내는 시간 속에서도 새로운 즐거움을 찾을 수 있었다. 그동안 끈기 부족 작심삼일의 이유도 체력부족이 아닐지 생각했다. 하고 싶어도 해낼 힘이 없으니, 중도 포기하는 게 아닐까? 그렇게 아이를 돌보며 머리와 책으로 배웠던 것을 몸으로 체득해 갔다.

아이 친구 엄마들과는 대략 10년 정도 차이가 난다. 그러나 그들과 비교해서 나의 체력이 떨어진다고 느끼지 못한다. 타고난 운동 신경이 없어 유치원 운동회에서 달리기는 잘 못하지만 지치지는 않는다. 오히려 나이 들어 아이를 기른다는 게 더 안정적이라는 생각을 할 때가 있다. 10년 전의 나보다 지금의 나는 조금 더 성숙한 인간일 것이다. 그리고 세상을 보는 눈도 그때보다는 조금이라도 더 혜안을 가졌다고 생각한다. 돌이켜 보면 30대의 나는 조급함에 불안과 갈등이 높았다. 양육자의 불안과 흔들리는 마음은 아이에게 그대로 전달될 것이다. 40대 조금 더 성숙한 나는 예민한 아이를 안정적으로 돌보는 힘이었다.

육아는 부모의 일방적인 희생을 요구하지 않는다. 자녀를 성인으로 성장시키는 과정에서 아이는 때마다 문제를 제시하고 부모는 그 문제를 풀어가며 함께 성장한다. 그 문제들은 대부분 내 인생의 숙제로 남겨 둔 문제들일 경우가 많다. 아이가 내적, 외적 힘을 길러 좋은 어른으로 성장하기를 바라는 부모의 마음은 내가 먼저 실천해야 한다는 결심을 하게 하고 그 결심은 쉽게 흔들리지 않는다. 흔들리지 않고 지속할 힘은 체력을 바탕으로 한다. 아이를 양육하는 부모들에게 온갖 육아정보도 중요하지만, 그 실천과 적용은 체력에서 나옴을 전하고 싶다.

신성욱의 글

남편에서
내 딸의 아빠로

남편은 임신 초기부터 배 속의 아이가 딸이기를 간절히 기도했다. 이것저것 욕심부릴 처지는 아니었지만, 여자아이가 귀한 시대 영향 탓에 남편의 딸 사랑은 뱃속에서부터 지극했다. 초음파로 딸인 걸 확인하고는 세상 행복한 아빠가 되었다. 막상 야리야리한 딸을 제대로 안는 것도 겁내 하면서 딸을 보는 눈은 하트로 빛났고, 언제든 주인을 받드는 하인 모습으로 엄숙해지기도 했다. 가끔 질투가 나기도 하고 돌아가신 아빠 생각에 눈물이 나기도 했다. 우리 아빠도 딸들을 이런 눈으로 봐주었을까? 남편과 아빠는 생김새도 비슷하고 더

군다나 성격도 비슷한 구석이 많다. 가장 많이 닮은 점은 착하디착한 심성이다.

때로는 그런 모습이 싸움의 실마리가 되기도 했지만, 결혼 생활이 지속될수록 남편의 성격은 단점보다는 장점으로 발휘되었다. 무조건 내 편이 되어 주고 친정 식구들에게 진심으로 잘했고 무엇보다 친정엄마랑 잘 지내는 게 신기할 따름이었다. 사실 나는 친정엄마랑 많은 부분에서 부딪쳤고 하고 싶은 말은 다 하는 성격 탓에 힘든 부분이 있었다. 친정엄마랑 티격태격 다툴 때도 항상 나를 나무라며 친정엄마 편을 들어 야속했지만, 남편이 고마웠다. 그런 남편이 어느 날 친정엄마에게 소리를 질렀다. 그때, 알았다. '이 사람도 화를 낼 줄 아는구나! 어른에게 대들기도 하는구나!'

사건의 발단은 이랬다.

아이가 갓난아이 시절, 같은 아파트에 사는 친정엄마는 저녁이면 우리 집으로 와 식사를 챙겨주셨고, 초보 엄마 아빠를 대신해 아이 목욕도 시켜주셨다. 아이 목욕시키는 날이 반복될수록 어깨너머로 보던 남편은 친정엄마의 손길에 슬슬 불만이 쌓여갔다. 보기에도 아까운 딸이 할머니의 빠르고 거친 손놀림에 맡겨지는 게 마음에 들지 않았다. 그렇지만 다른 사람에게 싫은 소리 못하는 성격 탓에 속으로 삭히고 있었다. 상대가 장모님이니 더 어려웠을 것이다. 그러다 용기를 내 장모님에게 말문을 열었다.

"언제까지 장모님한테 신세 질 수 없으니, 제가 하겠습니다. 가르쳐 주세요."

성격 급한 친정엄마와 아이가 어떻게 될까 벌벌 떠는 남편의 살벌한 긴장감은 얼마 안 돼 터지고 말았다. 친정 엄마는 사위의 어정쩡한 손놀림에 답답함을 느꼈고 남편은 장모님이 아이를 함부로 다룬다는 불평이 버무려져 둘 다 어찌할 바를 모르고 꾹꾹 참는 날이 하루 이틀 쌓여갔다. 서로에게 쌓인 불편한 마음이 고개를 쳐드는 순간이 왔다. 친정엄마의 짜증 썩인 "그게 아니고 이렇게 하라고!"란 말에 참고 있던 남편도 장모님에게 소리를 질렀다.

"아, 그만하세요. 제 딸이니까 제가 알아서 할게요!" 순간 집안은 얼어붙었다. 친정엄마도 질 사람이 아니다. 정적을 깨고 "그러게 자네 딸이니 자네 마음대로 하시게, 애 봐준 공은 없다더니…" 하면서 옷가지를 주섬주섬하시더니 현관문을 '쾅' 닫고 나가버리셨다. 한 번도 보지 못한 남편의 행동이 신기해서 웃음만 났다. 친정엄마의 노여움이나 남편의 화는 뒤로하고 남편이 그것도 다른 사람도 아닌 장모님에게 소리를 지르는 이 상황이 황당하고, 웃겼다. 남편은 화가 나 씩씩거리면서도 자기 행동이 계면쩍은지 어찌할 바를 모르고 있었다. 아이는 아무것도 모르고 방긋방긋 웃고 있고 나는 이 상황을 만든 아이와 남편을 보며 배를 잡고 웃었다.

딸 바보의 탄생과 남편의 사춘기가 시작되었다. 남편은 'no'를 모르는 사람이었다. 이렇다 할 사춘기 반항도 없이 순하디순한 아들로 성장해 나의 남편이 되었다. 이 착한 남자의 뒤늦은 사춘기를 조용히 응원했다. 사랑하는 가족과 딸을 위해 자신의 목소리를 내는 것에 주저하지 않는 남편이 예전보다 더 듬직해 보였다. 비로소 남편도 아이로 인해 어른으로 성장하는 과정을 지나고 있었다. 그리고 그날의 일은 장모님 앞에 머리 숙여 사과하면서 일단락되었지만, 남편의 변화는 놀라웠다.

아이를 위해 담배를 끊고 술자리도 마다하고 때로는 상사에게 말치레도 할 줄 아는 사람으로 변해갔다. 남의 부탁도 거절하는 용기를 내고 아이와 놀아주기 위해 체력을 기르고 영양제도 꼭 챙겨 먹었다. 아이의 존재로 엄마, 아빠도 비로소 어른으로 성장해 갔다. 늦은 엄마, 아빠는 아이를 통해 새로운 세계를 만났고, 더 풍성한 삶을 살게 했다. 물론 가끔은 나만 바라보던 남편이 그립기도 하지만, 남편이 새로 만난 여자를 나도 온몸 다해 사랑하는 사람이니 질투는 묻어두기로 했다. 뒤늦게 찾아온 아이는 이렇게 수십년간 변하지 않던 어른도 성장시킨다. 아이는 어른를 가르치는 선생이다.

신성욱의 글

나의 선생님

    아이를 등원시키고 집 안 정리를 마치면 엄마들 모임을 간다. 수다는 즐겁고, 남이 차려주는 밥상은 맛있다. 동질감에서 오는 안도가 위안을 주었다. 아이를 키우는 육아 동지들과 비슷한 고민을 털어놓고 정보를 나누었다.

    어린이집을 다니면서 새로운 고민이 생기는 시점이었다. 엄마들 무리에 끼지 못하여 우리 아이만 소외되면 어쩌냐는 현실적인 고민이었다. 등·하원 시 만나는 엄마들과 말도 붙여보고 궁금한 것들도 물어보며 몇 명의 엄마들과 친해지고 만나는 횟수가 많아지다 보니 자연스럽게 모임이 만들어졌다. 늦은 나이에 아이를 키우며 10년쯤 세월이 되돌아간 느낌이었다.

예전에 친구들과 나누던 수다를 아이 친구 엄마들과 할 수 있었다. 아이들이 다 성장하여 아이에 대한 고민을 나눌 수 없던 지인과 친구들을 이 엄마들이 대신했다. 만나면 즐겁고 위로를 얻었다. 하지만 '지나치면 독이 된다'라는 평범한 진리는 여기에도 통했다. 육아에서 오는 스트레스 해소와 시간을 거꾸로 돌린 듯한 즐거움에 중독되어 버렸다.

물리적으로 아이와 함께하는 시간이 줄어들고 관계의 친밀도도 약해졌다. 육아의 어려움을 해결하는 방법을 아이의 생활이나 행동에 눈 맞추는 게 아니라 엄마들과 상의하고 풀어나갔다. 주객이 전도된 간편한 해결 방식을 택했다. 그 결과 조금씩 틈이 벌어진 둑이 어느 날 한꺼번에 무너지는 것처럼 나의 일상이 무너지는 것도 모르고, 달콤함에 취해 정작 중요한 것들을 잃어버리고 있었다.

아이의 문제 행동들이 나타나기 시작했다. 뜻대로 되지 않으면 소리를 지르고 물건을 던지기 시작했다. 처음에는 그럴 수도 있지 아이를 타이르고 다시 그러지 않겠다는 다짐을 받는 것으로 마무리했다. 그러나 어느 날 선물로 받은 생선 상자를 열고 집어 던져 집안을 아수라장으로 만들었다. 그 후에도 분이 풀리지 않은 아이는 악을 쓰며 울어댔다. 아이의 분노는 사그라지지 않았다. 왜 이리 화가 났을까? 그때는 알지 못했다. 내 아이의 낯선 모습에 당황했고 모든 게 잘못되고 있다는 직감뿐이었다. 일상의 평온함에 균열이 가고 있는 걸 못 본 척 눈 감아버린 결과이다. 아이가 생각지 못한 문제 행동을 보인다면 그것은 분명 엄마인 나로부터 기인한 문제일 것이다. 그러니 고민의 해답은 간단하다. 인정하고 싶지 않지만 요즘 나의 생활과 행동을 바꾸어야 아이도 변화할 것이다. 어쩜 다 아는 뻔한 결론이지만, 내 아이를 위해 반드시 지켜야 할 임무이다.

엄마들 모임을 나가면서 전에 하지 않던 일들을 하고 있었다. 마음속으로 내 아이와 다른 아이를 비교하고, 우리 아이와는 맞지 않는 다른 엄마의 양육 방식을 따라 하고, 단순한 즐거움에 나를 소진하고 있었다. 생각의 깊이를 더해 갈수록 근본적인 문제를 보기 시작했다. 엄마들과의 모임이 아이 양육에 도움이 되는가? 아이를 키우는데 '필요한 정보'란 무엇인가? 지금 나는 무엇을 바꿔야 하나? 고민의 결과는 이러했다.

첫째, 엄마들과의 관계를 유지하는 데 쓰는 시간을 내 아이와 함께하는 시간으로 만들자.

둘째, 단순한 유희로 나를 소진하는 게 아닌 나를 쌓아 가고, 진정 내가 행복해지는 방향으로 선회하자.

셋째, 모든 문제의 해답은 아이에게 있다.

아이를 위해 시작된 모임은 엄마의 감정 소모로 아이에게 쏟을 에너지를 없게 했고, 아이를 위한 정보는 이미 내 아이에게 있었다. 그런 것들을 무시하고 흔들리는 엄마, 그 흔들림 속에 더 큰 파장이 아이의 마음을 불안하게 했을 것이다. 아이는 매일 조금씩 얘기하고 있었다. 알아듣지 못하는 엄마에게 더 큰 소리로 더 큰 몸짓으로 그날 저녁 울부짖었을 것이다. 아이와 눈 맞추고 얘기를 들어주고 다정한 말로 위로하고 함께 산책하며 다시 일상을 회복해 나갔고 아이는 놀랍도록 안정되었다.

엄마랑 놀이도 시큰둥하고 책을 읽어 줄 때도 딴짓만 하던 아이가 관계를 회복하니 관심을 보이기 시작했다. 그렇게 그림책을 읽어 주다 보니 아이에게 조금 더 재밌게 책 읽는 시간을 선물해 주고 싶은 생각이 들었다. 관심을 갖고 주위를 살펴보니 길이 열렸다. 도서관에서 '그림책 인문학' 과정의 수강생을 모집한다는 공고가 난 것이다. 7월 말에 시작된 석 달간의 수업이 나에게도 아이에게도 새로운 전환점이 되었다. 단지 그때는 아이에게 좋은 책을 재밌게 읽혀보자는 단순한 시도였다.

수업은 '인문학'이라는 주제가 붙은 만큼 녹록하지 않았다. 내향적이고 낯가림이 심한 나에게 질문을 쏟아내는 수업은 힘이 들었다. 내게 주어진 질문들에 답하며 나의 문제를 풀기 시작했다. 하나하나 문제를 풀수록 내면의 힘이 생기고 나의 자존감이 회복되어갔다. 나의 성장은 아이에게 전달되기 시작했다. 아이의 행동에 즉각적 반응보다 왜 그랬는지 물어봐 줄 수 있는 여유와 인내를 가질 수 있었다. 책을 읽어 줄 때도 아이에게 생각할 시간을 주고 아이의 말을 차분히 들어줄 수 있는 내면의 힘이 생겼다. 이것들이 놀라운 변화를 불러왔다.

김수지 작가의 《파도야 놀자》라는 책을 읽어줄 때 빛을 발하했다. 글이 없는 그림책은 엄마들이 읽어 주기 힘들어하는 책이다. 배운 대로 아이가 그림을 보고 생각할 충분한 시간을 주고 기다렸다. 엄마의 여유는 아이에게 상상력을 선물했다. 책 속 주인공에게 눈길이 간 아이는 이내 그 아이에게 "우리 같이 놀자"라고 말을 걸며 친구가 되었다. 이후 아이의 행동은 거침이 없었다. 책을 바닥에 펼쳐놓고 그림 속 파도가 치는 바닷가에 서서 책 속의 아이랑 물장구를 치더니 그 아이와 바다로 들어가 수영하기 시작했다. 그러고는 나무 도마를 가져다 책 위에 올리고 그 위에 올라서 양팔을 벌리고 서핑하기 시작했다. 한바탕 신나게 놀던 아이가 책꽂이의 《빨강》이라는 그림책을 들고 왔다.

"엄마, 이 파도는 사실 빨강이가 그린 거다."

《빨강》 그림책의 빨강이는 공장에서 옷을 잘 못 입고 출고

된 파란색 크레파스다.

"그렇지! 빨강이가 그렸지."

나에게도 놀라운 경험이었다. 아이에게 맞추니 모든 것이 자연스러웠다. 아이와 이런 경험들이 쌓이면서 '그림책 활동가'라는 새로운 기회가 찾아왔다. 그림책은 아이와 나를 연결해 주는 도구가 되고 세상과 나를 연결해 주는 기회가 되었다. 지금은 조금 더 큰 꿈을 꾸며 매일 그림책을 만난다. 이 모든 것을 가능하게 해주는 나의 딸은 나의 선생님이다.

신성욱의 글

심호흡하고
시작해 봐

시작은 아이를 위한 공부였다. 재밌게 책을 읽어 주며 책을 친구처럼 편하게 가까이하길 바라는 마음에서 시작했다. 그러나 그림책을 읽는 것은 나를 만나는 시간이었다. 내 안의 상처 입은 나, 두려움에 웅크린 나, 그럼에도 괜찮은 나. 다양한 내면의 나를 알아갔다. 때로는 내면의 나를 마주하는게 고통스러워 바로 보지 못하고 피하고 싶은 순간들도 많았지만 내 안에 봉인된 슬픔을 밖으로 꺼내며 자신을 치유하는 시간은 나를 자유롭게 해주었다. 엄마의 자기 성찰은 아이도 행복하게 해주었다. 아이에게 지나치게 요구하거나 별거 아닌 아이의 행동에 예민하게 대응하는 모습이 사실 아이와 상관없는 나의 경험과 편협한 생각에서 나온 것임을 알아 차렸다. 아이를 건강하게 키우기 위해서라도 과거의 나를 재정립하고 내가 단단해져야 사랑하는 아이도 지킬 수 있음을 깨달았다.

나를 찾아가는 길에서 소중한 사람들도 만났다. 함께 내면의 부끄럽고 불편한 나를 내놓으며 서로를 위로하고 치유해 가며, 서로를 응원하는 든든한 동반자가 되었다. 그림책을 잘 이해하기 위해 같이 그림 수업도 듣고, 서로의 경험을 나누며 함께하는 공부는 나를 성장시키고 단단하게 만들어주었다. 1년 정도 지속된 공부는 새로운 전기를 맞이했다. 우리의 공부가 한 단계 확장되는 순간이었다. 내 아이를 위한 공부는 나를 위한 공부로 발전하고 나를 위한 공부는 다시 나를 넘어 다른 사람을 보게 했다.

그림책 봉사활동의 시작이었다. 혼자였으면 시작할 엄두도 못 냈을 일을 함께 공부 해온 사람들의 힘으로 용기 낼 수 있었다. 면접을 보고 봉사 단원이 되고 보니 또 새로운 공부가 앞에 놓였다. 나와 아이를 위해 읽던 그림책을 나를 넘어 타인과 나누는 공부로 발전한 것이다. 공부하면서 사명감 같은 것이 생겼다. 처음에 품었던 '내 아이에게 평생 친구를 만들어 주자.'는 생각이 내가 만나는 아이들에게까지 확장되었다.

　아이들과의 첫 수업은 지금도 생생하다. 떨리는 첫 시간, 빛나는 눈과 조잘조잘 자신들의 이야기를 풀어놓는 아이들의 모습에 두근거리는 가슴을 부여잡으며 함께한 그날의 경험은 또 다른 나의 스승을 만나는 시간이었다. 아이들은 저마다 다른 세계를 가지고 같은 그림책도 자신만의 눈으로 읽어냈다. 그것이 신기하고 재밌어 아이들을 만나러 가는 길은 마치 연애하는 사람처럼 설레고 들떴다. 아이들은 이미 많은 것을 가지고, 어떻게 해야 하는지 그리고 어른들이 보지 못하는 것들을 찾아내며 자신의 가능성을 키워갔다. 그런 아이들을 보며 나에게 조금 더 큰 꿈이 생겼다. '이 일을 좀 더 잘하고 싶다. 아이들을 계속 만나고 싶다.' 아이들은 나에게 새로운 길을 안내했다. 나의 아이는 나를 만나게 해주었고, 또 다른 아이들은 나의 미래를 만나게 해주었다.

　어느덧 연말이 되고 봉사단 사업도 마무리할 시간이 다가왔다. 아쉽지만 다음을 기약하는 성과 보고회와 해단식만 남겨 놓았다. 그리고 나에게는 또 하나의 과제가 기다리고 있었다. 담당 간사님의 간곡한 부탁으로 해단식 사회를 보게 된 것이다. 행사의 사회를 본다는 행위가 다른 사람들에게는 별거 아닌 것이 나에게는 큰 과제였다. 어릴 적 수업 시간에 일어나 책 읽는 것도 부끄러워하던 내가 많은 사람 앞에서 행사를 진행한다는 것은 내 인생에 절대 일어나지 않을 일이었다. 간사님의 간곡한 부탁에도 예전 같으면 절대 수락하지 않을 일을 왜 한다고 했을까? 통화하는 찰나의 순간 내 아이와 내가 만나는 아이들이 스쳐 갔다. 아이들에게는 실패해도 시도해 보라는 당부를 하면서 정작 내가 무서워 피하는 모습을 보인다는 게 부끄러웠다. 그렇다고 갑자기 자신감이 생기는 건 아니었다. 못한다고 할까? 무슨 말로 어떻게 없던 일로 만들까? 고심하다 나를 투명하고 해맑게 쳐다보는 딸에게 넋두리하듯 말이 흘러나왔다.

"이든아! 엄마가 일을 맡았는데, 자신이 없어, 어떻게 해야 할까?" 아이에게 해답을 얻기 위한 질문이 아니었다. 그냥 말갛게 쳐다보는 아이에게 내 속의 말이 그냥 튀어나왔다. 아이는 말없이 한참 있다 입을 열었다.

"나도 어제 체육 시간에 높이뛰기 할 때 겁났는데, 일등 했잖아. 엄마도 할 수 있어. 해봐"

"그래 이든이는 높이뛰기 할 때 겁났는데 어떻게 용기를 냈어?"라고 물으며 아이의 얼굴을 보니 제법 진지하다.

"음…. 첫 번째는 할 수 있다는 마음을 먹고, 두 번째 심호흡 한 번 하고 시작했지!" 아이의 대답은 나의 말문을 막았다.

"……"

아마도 처육 선생님의 말을 기억했다 한 것이겠지만, 여섯 살 아이의 기특한 정답에 나도 용기를 내보기로 했다. 나의 도전에 아이는 나의 선생님이 되었다. 어떻게든 이 상황을 회피하고자 할 때는 보이지 않던 길이 '해보자'라고 마음먹는 순간 길이 보였다. 자신이 없으면 준비를 철저히 하면 된다. 반년 동안 고생한 20명 선생님의 노고를 위로하는 자리에 자신 없는 모습을 하고 행사를 망칠 수는 없는 노릇이다. 대본을 철저히 써 내려가자는 것으로 자신 없는 나를 일으켜 세웠다. 대본은 아이의 이야기로 시작했다.

"앞에 서기 부끄러운 엄마에게 여섯 살 딸이 용기를 주었습니다. 먼저 할 수 있다는 마음을 먹고, 심호흡을 한번 하고 시작해 보라는 아이의 조언대로 심호흡 한번 하고 시작하겠습니다."라고 시작된 행사 사회는 나에게 새로운 도전의 의미를 알려주었다. 아이와 함께 성장하는 엄마는 심호흡하고 매일 매일의 도전 과제들을 해내며 어제보다 더 나은 내가 되어가고 있다.

인생의 하프라인을 지나고 있는 나는 새로운 인생을 설계하며 나와 내 가족만을 위함이 아닌 내가 만나는 아이들을 위해 그리고 주위에 선한 영향력을 줄 수 있는 사람으로 성장해가고 있다. 어제보다 나은 오늘의 나를 만들고, 올해보다 내년이 기대되는 삶을 살 수 있는 도전을 심호흡 한번하고 시작한다. 꿈이 있으면 늙지 않는다. 나의 인생 후반전은 새로운 꿈으로인해 다시 젊음이다.

신성욱의 글

불혹의 딸이
엄마에게 드리는 편지

엄마, 우리 아직 청년입니다

최근 읽은 이근후 선생님의 저서 《나는 죽을 때까지 재미있게 살고 싶다》의 내용 중 위로가 된 부분이 있었다. 2015년 유엔이 발표한 '100세 시대 생애 주기별 연령'에 관한 것이었고, 이는 아래와 같다.

1-17세까지 미성년, 17-65세까지 청년,
65-79세까지 중년, 79-99세까지 노년, 100

세 이상은 장수 노인

올해 만 나이로 불혹(不惑), 40이 되었다. 서른이 지난 어느 순간부터는 의식적으로 나이 새는 것을 거부하고 있다. 나이를 묻는 말에 곰곰이 생각하지 않으면 내 나이를 떠올리기 힘들다.

나는 꽉 찬 40이라는 나이의 기대감과는 다르게 이루어 놓은 것이 하나도 없다. 아직 20년은 더 돌봐야 할 7살 아들, 여전히 월급은 집과 최근 구입한 상가 대출금으로 전액 상환되고, 매달 연금 저축과 종신 보험은 65세라는 정년을 향해 지출되고 있다. 이사, 계약, 사업 등 중대한 결정은 아직도 누군가의 컨펌을 받아야 할 것만 같다. 오늘도 매매 계약을 하는데 혼자 가게 되니 불안하다며 신랑은 꼭 아버지를 모시고 가라고 한다. 그래도 최근 이사, 남편 한의원 이전 등 큰일을 주도적으로 해 나가는 모습을 보고, 오래된 친구가 "와, 너 어른 같아."라고 말했다. 그러나 어른이면서도 아이 같은 모습, 딱 지금의 나다.

그리고 나는 아직 이루고 싶은 꿈이 많다. '커서 이런 어른이 될 거야.', '이런 모습일 거야.'라고 기대했던 모습이 현재 나에게는 없다. 이 나이 때쯤이면 으레 큰 회사 혹은 병원의 장 정도의 직함을 달고, 수십 명의 직원을 거느리며 TV에 나오는 CEO들처럼 큰 결정을 하는 멋진 비즈니스 우먼의 모습일 줄 알았는데, 나는 고작 병원에 고용된 봉직의에 불과하다. 매달 고정적인 월급에 목매고, 여전히 봐야 할 환자가 많으면 짜증이 나며, 아침에는 늦잠을 자거나 아이를 챙기다 급하게 후줄근한 모습으로 출근하는 그냥 그런 아줌마 직장인 흔히 말하는 워킹맘일 뿐이다.

불혹의 나이, 경제적으로 안정되고 커리어도 어느 수준에 도달해야 한다는 압박감에 나도 모르게 짓눌렸었는가 보다. 이근후 선생님의 책을 읽고 신랑한테 신이 나서 이야기했다.

"여보, 17~65세까지는 청년이래. 우리 아직 25년이나 남았어. 아자아자!"

신랑도 즐겁게 들었다. 한 살 연하 신랑인데, 40이 되고 시력, 체력 등 건강이 내리막길에 들어선다는 느낌을 받는다고 했다. 또한 한의원을 막 이전해 아직 자리 잡히지 않아 사회 경제적인 성공에 대한 조급함이 있는 듯했다. 또한 가족에 대한 책임감이 강한 사람으로 위로는 부모님을 돌보고, 아래로는 후세대인 아이를 키워내야 할 막중한 40대 가장의 무게를 견뎌내고 있는 듯 보였다. 아직 내 눈에는 아기같아 보이는 우리 신랑도 어깨가 참 무겁겠구나!를 새삼 느꼈다.

그러고 보니, 아이들을 일찍 낳아 이제 막 환갑을 넘기신 우리 부모님도 같은 세대이다. 아빠는 20대 찐 청년 시절부터 농협에 근무해 40년가량 일하시고 명예퇴직하셨다. 이후 원룸만 관리하면서 취미생활로 테니스 치며 시간을 보내시는데 아빠는 40년 일했으니 이제는 좀 쉬고 싶다며 제2의 인생을 보내기 위한 정해진 일을 구하지 않으셨다. 내 생각에는 이때부터 아빠가 부쩍 나이 들고 쇠약해지시는 거 같다. 65세가 되고 이제는 경로 우대를 받아 좋다고 말씀하셨지만, 왠지 씁쓸한 눈빛을 읽은 건 비단 내 마음 때문만은 아니었을 테다.

엄마는 젊었을 때는 미용실을 하셨고, 이후 고시원, 원룸을 관리하셨다. 아빠가 퇴직한 이후 아빠에게 관리를 맡기고 우리 아이를 돌봐주셨다가, 최근 요양 보호사 일을 시작하셨다. 젊은 시절 미용실을 하며 바르지 않은 자세로 오래 서 있고 무리한 탓에 만성 통증에 시달려 힘든 일은 안 하셨으면 좋겠는데, 아직 독립하지 않은 막냇동생을 부양할 책임에 일을 계속하신다. 동시에 시골에 홀로 계신 외할머니를 매일 살피러 가야 하니 아직 그 어깨가 무겁다. 몸은 이미 노년의 단계로 들어섰는데, 본인의 책임은 아직 청년처럼 무거운 진짜 초보 중년이다.

글을 쓰면서 부쩍 부모님 생각이 많이 난다. 며칠 전 친정에 오랜만에 방문했는데, 그 느낌이 예전 시골 할머니, 할아버지 댁을 갔을 때처럼 쓸쓸하였다. 명절에 시끌벅적하게 가족들이 모였다 흩어지면서 느껴지는 허전함이 밴, 켜켜한 냄새가 풍기는 집, 이게 딱 부모님 집 풍경이었다. 돌아오는 길에 눈물이 핑 돌았다.

바라기는 두 분이 아직도 꿈꾸면 좋겠다. 한평생 자식을 키우고 부모를 봉양하느라 본인의 꿈이 무엇인지도 모르고 살았을 그들이, 이제는 본인이 원하는 것을 찾고 성취해 나가면 정말 좋겠다. 자식들이 힘들까 염려하지 말고 본인만 바라보며 조금은 아이 같은 모습으로 투정하고 이기적으로 본인것만 챙기면 좋겠다.

하지만 이제는 장거리 해외여행 한번 다녀오기 힘든 몸으로 조금은 더 재미있게 남은 인생을 즐기셨으면 하는 나의 바람은, 이 역시 부모님을 향한 너무 큰 욕심인 걸까? 우리 아직은 청년이니 계속 꿈꾸고 불완전해도 된다는 메시지를 주는 100세 시대 연령 분류가 우리 부부에게 자그마한 위안이 되었다. 하지만 새로운 꿈을 꾸기에 몸은 아프고, 경제적으로 많은 것을 소진해 버린 부모님께는 작은 탄식이 되지 않을지 걱정되는 마음이다, 그래도 "엄마 내가 많이 도울 테니, 우리 청년의 때를 조금 더 즐기고 멋진 중년을 함께 준비해 봅시다."

자신보다는 자녀와 부모를 위해 온 힘을 다해 살았고, 이제는 경제적, 정서적으로 많은 것을 소진하고 육체적으로도 약해진 우리 부모님 세대를 보면 안타까운 마음이 크다. 그러면서 그 희생이 감사하다. 앞으로 그들에게 멋진 중년이 펼쳐지길 특별히 더 응원해 본다.

양지애의 글

나의 어린 시절이
그들에겐 고작 불혹이었구나

오 남매와 소망 미용실

엄마는 서른에 이미 오 남매의 엄마가 되었다. 스물둘에서 스물넷까지 언니, 오빠, 나 이렇게 연년생 셋을 출산하고, 아빠가 외동이라 아들 한 명을 더 원해 막내를 낳았는데 남자 쌍둥이였다.

우리 오 남매는 어렸을 때 다 함께 살지 못했다. 경제적으로 힘들어 일을 해야 했던 엄마는 쌍둥이가 태어나자, 형은 외가에 동생은 당시 자녀가 없었던 막내 고모에게 맡겼다. 대

여섯 살 때, 유복하던 막내 고모 집에 놀러 갔는데 막내는 고모, 고모부를 엄마, 아빠라고 부르며 따랐고, 서울 사는 아이답게 얼굴이 희고 귀티가 났다. 그래서 나는 막내가 초등학교 입학을 위해 7살에 집에 왔을 때, 쌍둥이 형보다 동생을 더 예뻐했다.

엄마는 우리 집에 딸린 미용실에서 일을 했고, 미용실은 매우 잘 됐다. 소망 미용실. 특히 시골 오일장인 4, 9일은 하루에 20명도 넘는 파마 손님이 왔고, 엄마는 마음씨 좋게 손님들에게 점심까지 제공했다. 아무리 주변 이모들이 도와준다고 해도 종종 파마를 풀고 롯트를 정리하는 미용실 일, 그리고 밥을 해서 차리는 일은 주로 언니와 내 차지였다. 우스갯소리로 나는 초등학교 2학년 때부터 밥을 해서 이제는 질려서 부엌일이 싫다고 신랑한테 말하곤 했는데, 농담이 아니라 진짜다. 어렸을 때는 이 상황이 너무 싫고 불공평했다. 오빠, 남동생은 다 누워서 TV를 보고 있는데, 항상 엄마 입에서 나오는 소리는 미애, 지애였다. 그 시절 가장 큰 소원은 1~2시간 정도 되는 TV 프로그램이나 영화 시리즈 한 편을 제발 처음부터 끝까지 집중해서 보는 것이었다. 꼭 재미있는 장면이 나올 때면 "미애야, 지애야, 파마 좀 풀어라."라고 하셨다.

그래도 엄마는 연년생 아이 셋이 다 공부도 잘하고 모범생이어서 초등학교 학부모회도 열심히 참여하셨고, 그 시골에서 컴퓨터가 우리 집에 제일 처음 들어왔을 만큼 자녀 교육에 열심이셨다. 물론 이 컴퓨터는 오빠가 엄마와 성적 내기를 해 이겨서 따낸 거였다. 오빠는 여느 장남들과 같이 할머니, 고모들의 사랑을 독차지해, 버릇없고 이기적인 사람이었다. 아무것도 하지 않아도 큰 사랑을 받는 사람, 친할머니가 장롱에 숨겨 놓은 귀한 먹을 것들은 죄다 오빠 차지였다.

언니가 제일 맏이였는데, 언니도 쌍둥이 형과 마찬가지로 외가에서 커 외가 증조할머니는 언니를 그렇게 예뻐했다. 항상 나는 샌드위치였다. 언니는 맏이라 오빠는 큰아들이라 동생들은 쌍둥이 막둥이라 귀염 받았는데, 나는 이도 저도 아닌, 그냥 셋째. 혹여 손님들이 오셔서 용돈이라도 주려고 하면 다섯을 다 주기는 부담스러워, 언니 오빠를 주거나 쌍둥이를 주고 나는 늘 해당 사항이 없었다.

어린 시절에는 부모님이 원망스러웠던 적이 많다. 부족한 형편에 형제가 많은 것은 항상 채워지지 않는 결핍을 유발했고, 나는 늘 사랑받기 위해 노력해야만 하는 아이였다. 태어난 거 자체로 감사와 사랑이 될 수 없던 힘든 현실 속 어린 나는, 늘 그들을 원망했다. 그러나 지금 생각해 보면 누구도 부모와 환경을 선택해서 태어날 수 없듯이 엄마 아빠도 그저 맞닥뜨린 상황이었을 텐데, 나는 이 모든 것을 내 부모, 엄마의 탓으로 여겼다. 현재 막내 남동생은 삶의 방향을 못 잡고 방황하고 있는데, 이는 어렸을 적 따로 살아야 했던 정서적 결핍과 혼란의 결과물이 아니었을까 하는 생각도 가끔 한다. 형제들 모두 저마다의 결핍과 아픔이 있었다.

매일 저녁 메뉴가 고민이던 중학생

언니의 고등학교 진학을 위해 엄마, 아빠는 큰 결심을 해 광주로 이사했고, 우리도 전학을 했다. 이사 첫해 나는 중학교 2학년, 오빠는 3학년 그리고 쌍둥이들이 초등학생이었는데, 아직 시골로 출퇴근하시는 부모님 때문에 매일 저녁 담당은 나였다. 나는 매일 학교에서 집에 가는 길에 저녁으로 무엇을 해서 오빠와 동생들을 먹일까 고민했다. 그 당시 라면 한 박스면 일주일이 채 가지 않았던 먹성 좋던 시절, 내가 가장 잘하던 음식인 라볶이, 김치볶음밥을 해서 오빠, 동생들과 함께 먹었다. 그러고 나서 설거지를 미루다 안 해 놓으면, 늘 혼이 나는 건 나였다. 지금에야 피곤한 몸을 이끌고 광주까지 귀가해 어질러진 집을 보면 답답한 마음에 한 소리 하셨을 것이 당연하게 생각되지만, 그때의 나는 "잘했다! 수고했다." 그 한마디가 그렇게 듣고 싶었는데, 칭찬은커녕 혼만 나는 상황이 너무 억울하고 서러웠다.

혼자 남자 형제들을 챙겨야 했던 그 부당한 마음을 달랠

길이 없었던 나는 매일 11층 아파트 뒤쪽 작은 언덕 위로 저녁노을이 지는 모습을 내려다보며 울적해지곤 했다. 그러면서 또 그 시각, 각자 하루를 마치고 안식처로 돌아가려 서두르는 발걸음이 그렇게 다정하고 좋았다. 이제 곧 엄마, 아빠가 따뜻하게 들어오실 상상과 기대 때문이었을까.

그 시절, 주어진 삶을 살아내기만으로도 벅찼던 부모님은 자식들에게 충분한 사랑과 지지를 표현하지 못했고, 어린 나의 부당하고 억울한 마음을 살필 겨를도 없었다. 그리하여 나는 과연 나는 나란 사람 자체로 인정받고 사랑받을 수 있는지 내 안으로 침잠하는 시간이 많았으며, 그 외로움의 끝은 늘 그들을 향한 원망이었다. 그런데 이번에 글을 정리하면서 처음 깨달은 것이 '아! 그때 그들이 겨우 30대의 나이였구나!' 하는 것이다. 지금 나와 같이 어른 아이였던 엄마 아빠의 그 무거웠던 결정들이 어쩌면 그들의 최선이었겠구나! 나 역시 내 아이를 위한 최선을 미숙한 모습으로 해 나가듯, 내가 원망하고 외로웠던 그 시간이 어쩌면 그들이 베풀어준 최고의 사랑이었겠구나! 이제야 어렴풋이 그 마음을 알겠다. 그렇게 우리는 부모가 되어서야 나의 부모를 조금이나마 이해하게 된다.

양지애의 글

불혹의 나

올해 나의 귀인

대학병원에서 수련의와 전임강사 1년까지 마치고 잠시 쉬고 싶어 고향 광주에 내려갔다가, 현재 직장에 입사해 10년 차가 되었다. 나의 30대, 결혼, 임신과 출산의 역사를 함께하고 있는 곳이다. 이곳은 성향에 맞는 선생님들이 오시면 오래도록 자리를 지키는 곳이라 다양한 인연을 만나지는 못한다. 그러나 올해 이곳에서 나의 귀인인 과장님을 만났다.

5살 연상의 여의사이며, 중1 아들과 5세 딸을 가진 두 아이의 엄마이다. 소문으로 들었을 때는 나와는 다르게 유복하게 자라 티 없이 맑고 순수한 사람이구나 생각했고, 어린 시절 선생님과 비슷한 친구와의 인연도 떠올랐다. 하지만 함께 지낼수록 나와 비슷한 부분이 많은 사람이었다.

감정의 깊이가 같아서 척하면 척 아는 사람. 환자들을 진료하고 회사에서 일하며 짜증나고, 힘들고 종종 억울한 상황이 있다. 이를 주로 옆의 동료와 환기(ventilation)하며 스트레스를 해소하는데, 이전의 인연들을 되짚어 보면 어떤 사람은 너무 쿨해서 내가 느낀 어려움이 그 사람에게는 아무것도 아닌 이야기가 되어 버리고, 어떤 사람은 감정이 너무 깊어서 이야기를 꺼내기가 부담스러웠다. 그런데 선생님은 한마디 하면 딱 안다. "나도 나도 나도, 그렇게 느낄 수 있지." 그렇게 나의 부정적인 감정을 그대로 인정해 줘 자책하지 않게 해 주는 편안한 사람이다.

또 부모님을 대하는 여자 의사들의 마음이 다 똑같다. 특히 어머니는 감사하고 안쓰럽지만, 한집에 살기는 부담스러운 그 미묘한 한 끗을 서로 이해할 수 있는 몇 안 되는 사람이다. 또한 어린 자녀를 양육하는 노고, 워킹맘으로서 만만치 않은 현실, 그리고 화성인 신랑과의 소통 불가의 문제를 마음 놓고 털어놓을 수 있어 선생님을 올해 나의 오피스 허즈밴드라고 신랑이 이름 붙여 주었다.

삶에서 현재를 중요하게 생각하는 성향은 선생님을 통해

많이 배우고 있다. 나중의 행복을 위해 현재를 희생하지 않고, 주변 사람보다 자신을 더 챙기고 사랑하는 법을 배웠다. 그리고 나의 우유부단한 성향과 대조적으로, 결정되면 고민 없이 시작하는 추진력으로 서로 보완해 가며 올해 많은 것을 성취할 수 있었음이 다 선생님 덕분이다. 신랑이 취미로 사주를 보는데, 선생님과 내가 사주 상 서로에게 꼭 필요한 것들을 가지고 있는 용신(用神)의 관계라 잘 맞는다고 했다.

마지막으로 가진 아픔이 비슷하다. 학교생활을 힘들어하는 중학교 1학년 아들이 ADHD(주의력 결핍 과잉행동장애)로 진단받고 치료하면서 이를 가슴 아파하는 엄마의 모습을 선생님을 통해 보면서, 나는 우울증으로 오빠를 하늘나라에 보내고 아직도 동굴에 갇혀 사는 엄마의 모습을 본다. 또 그것 때문에 감당해야 하는 내 역할을 선생님과 일상을 공유하는 중에 풀어 놓으며 내 이야기를 책으로 써보고 싶다고 생각하게 되었으니, 이 글이 책으로 나오게 된다면 그 팔 할은 선생님이 다 한 것이다. 감사드린다.

착한 아이, 다 괜찮은 아이

어린 시절의 나는 참 착했다. 중학교 1학년 때, 시골 학교에서 반장이었던 나를 같은 반 남자 친구가 좋아한다면서 착해서 좋다고 했다. 공부도 잘하는데, 이렇게 착한 사람을 못 본 듯했다.

그리고 중2 이후, 광주에 와서 교회 생활을 하면서도 나는 참 착했다. 남들의 제안이나 부탁을 거절하지 못하고, 반대되는 의견이나 감정을 표현하지 않았다. 말을 많이 하지 않고, 늘 웃고만 있었다. 그래서 교회 피아노 반주자가 없을 때, 그 자리를 대신한 적이 많다. 기본적인 천성 자체가 강박적일 정도로 성실했던 착한 나는, 빈자리에 꽂아 넣기가 참 편한 사람일 터였다. 그럼에도 한 번도 정식 반주자가 되지는 못했는데, 그 자리는 항상 불성실하지만 영악하고 사회생활 잘하는 친구들 차지였다. 나는 그저 그 친구가 결석해 내가 반주할 수 있는 날을 기다렸었다. 내 주장을 하면 욕심처럼 보일까 걱정되고, 원래 그 자리를 맡고 있던 주전 친구들과 불편한 관계를 맺는 것이 싫었다. 그래서 내 것이 안 돼도 괜찮고, 대타를 하는 것도 괜찮고, 그냥 다 괜찮은 사람이었다. 그런데 정작 내 마음은 괜찮지 않았다.

그럼에도 나는 교회에서 썩 인기 있는 편은 아니었다. 사람들이 편해하기보다는 어려워해서, 소외감을 느끼는 경우도 많았고, 이럴 때 주전인 친구들은 반짝반짝 빛이 나며 인기가 많았다. 또 외모에 대한 자신감 저하와 함께 열등감과 시기, 질투가 커졌다. 그래서 착하고 괜찮은 사람처럼 보여야 하는 내 태도와 시기, 질투로 가득 찬 마음은 끊임없이 싸워야 했고, 나는 내 마음이 언제 들킬까 늘 전전긍긍했다. 그때 교회에 치대 다니던 목사님 아들이 같은 청년부였는데, 간혹 그의 날카로운 말은 내 마음속 악마를 알고 나를 공격하듯 들려 나는 그런 부류의 사람들이 불편했다.

이때 내 마음을 알아본 딱 두 사람이 떠오른다. 너는 왜 맨날 괜찮다고 하냐라던 안나. 그리고 나의 성실함을 좋아해 주고, 나의 약한 마음을 다 알면서도 너 같은 사람은 세상에 없다며 좋아해 줬던 선욱이, 길게 인연을 맺은 건 아니지만, 오랫동안 두 사람이 마음에 남아 있는 이유이다.

수동적- 공격성
(passive -aggressive disorder)

나의 이 모든 것이 괜찮은 태도는 이제 수동적-공격성이라는 성향으로 나타났다.

수동적 공격성은 직접 공격 행위를 하는 것이 두려워서 고집부리기, 무조건 거부하기, 무조건 반대하기, 상대방 무시하기 등의 간접적 행동으로 표출하는 것이다. 네이버 지식백과- 상담학 사전

나는 대학에 가서도 여전히 성실해, 수업에 늦은 적이 없었다. 지금 생각해 보면 시간 약속에 대해 강박적인 태도가 있었다. 그때 단짝으로 다니던 친구는 줄곧 수업에 늦어 대리 출석을 부탁했다. 한두 번이면 괜찮겠지만 해주기 싫을 때가 많았다. 그러나 나는 이 마음을 직접 표현하지 못하고, 대리 출석을 부탁하는 문자를 확인 안 한 척하거나, 대리 출석해 주는 것이 싫어 수업을 아예 안 간 적도 있으니 할 말 다 했다. "맨날 늦니? 대리 출석 좀 그만 시켜." 이 말을 꺼냈을 때, 그 아이와 관계가 끝날 것만 같은 불안감이 있었을까? 왜 그렇게 나를 불편하게 하는 상황을 만드는 그 아이와도 꼭 좋은 관계를 유지해야만 했을까?

이 친구는 평생 남을 배려하고 주변의 눈치를 볼 필요가 없는 환경에서 자란 아이였다. 그래서 본인은 정작 불편한 일이 하나 없는데, 나만 배려 받지 못함에 불편했다. 사실 귀인 과장님을 처음 만났을 때, 딱 이 친구가 떠올랐다. 그렇게 해 맑음이 무기가 되는 부류의 사람. 그래서 나는 과장님과 딱히 잘 지낼 거 같지 않았다. 상대의 의도와는 별개로 이런 사람의 행동은 내 마음에 열등감, 시기, 질투 등의 감정들을 일으키고, 나는 이런 감정 때문에 나 자신을 정죄하며 힘들어할 것이 뻔히 보였기 때문이었다.

그때는 몰랐었고 지금은 아는 것들

귀인 과장님의 "선생님, 참 착해. 배려도 잘하고."라는 칭찬의 메시지를 받고, 착하지만 내 마음은 지옥이었던 그 시절이 떠올랐다.

지금의 나는 열등감, 시기, 질투 그리고 불안 등이 꼭 필요한 감정이라는 것을 안다. 그리고 이는 내가 나쁘고 못난 사람이라서 느끼는 것이 아니라, 사람이면 누구나 당연히 느끼게 되는 감정이며, 이런 감정을 가진 나도 충분히 사랑받을 수 있는 사람이라는 것을 안다.

물론, 나라는 사람은 이런 감정들에 덮이지 않는 성실함, 따뜻함, 배려, 인내, 겸손 등의 긍정적인 태도가 있고, 말하는 핵심을 잘 파악해 들어 주는 마음, 상대방을 칭찬하고 긍정적인 모습을 보려는 자세, 들리는 말과 확인되지 않은 이야기로 남을 섣불리 판단하지 않는 중심 있는 생각과 가끔은 유머로 분위기를 풀어줄 수 있는 여유 등 더 많은 부분을 차지하는 장점이 있음을 지금은 안다. 저 부정적인 감정이 나의 전부 같았던 그 시절, 나라는 아이는 참 많이 외롭고 어려웠다.

결정적으로 나는 이 마음들이 나라는 것을 부정하지 않아도 되는 지금이 좋다. 동성을 사랑하는 마음을 애써 부정하는 것처럼, 나 역시 이 부정적인 감정들만이 나의 전부라면 나는 그대로 나쁜 사람으로 낙인찍혀 버릴 것 같아, 오히려 반대로 착한 사람의 가면을 쓰고 살았다. 이러한 혼란의 시간 속에서 스스로를 사랑할 수 없었음은 어쩌면 당연한 일이다.

어렸을 때 착했던 나는 지금 없다. 거절할 일에는 노하고, 비판적으로 상황을 파악하고 반대의 생각을 전달할 줄 알며, 어색한 상황에서 일부러 웃고 있지만은 않는다. 인간관계를 하면서 누가 나를 공격하거나 돌려 깔 때는 화난 표정을, 아무 생각 없을 때는 멍한 표정을 짓기도 한다. 내가 하고 싶은 일과 하기 싫은 일을 명확하게 알고 표현한다. 그래서 지금의 나를 보면 모르는 사람들이 보기에 착하다고 말하기는 힘들지 싶다.

하지만 선생님 말씀처럼 지금의 나도 역시 착하고 따뜻하다. 신랑이 어려운 일을 당할 때는 씁쓸했을 마음을 위로하고 싶어 아들과 함께 재롱과 선물도 준비한다. 마음을 나누는 선생님과의 대화에는 내가 모르는 감정을 섣불리 특정한 말로 표현해 상처 주지 않으려, 또 그 사람의 감정을 더 깊게 혹은 너무 얕게 판단하지 않으려고 최대한 주의해서 듣는다. 축구 대회에서는 소외되는 아이를 끼워서 같이 놀게 하고, 아이들의 장점만 보고 칭찬해 주며, 내 아이에 대한 자랑은 거의 하지 않는 편이다. 또한 가끔 가족 중 일부에게 부정적인 마음이 들 때는, 거리 두기를 통해 그 감정을 씻고 다시 소통하도록 조절한다. 그래서 내 감정을 무시하지 않으면서, 내가 줄 수 있는 상처는 줄이려고 노력한다.

그렇게 나는 여전히 부모님이 주신 기본적인 성품대로 꽤 따뜻하고 배려 많고 나누려는 사람이다. 그리고 그런 외로움의 시간을 통해 나와 사람들의 감정에 대해 더 많이 알고 그 앎을 바탕으로 나를 더 사랑하게 되었다. 그러니 엄마, 혹여나 이 글을 읽고 나한테 미안해 마시라. 오히려 이놈의 자식이 그렇게 정성을 다해 키웠고, 학원도 형제 중 제일 많이 보냈더니 딴소리한다며 답장으로 억울한 마음을 풀어 놓으시라.

양지애의 글

절망과 상실에서
얻은 것 1
(난임이 꼭 내 문제 같지는 않단 말이지)

 2016년 1월, 결혼을 했다. 한국 나이 34세, 적지 않은 나이였다. 언니, 오빠가 다 혼전 임신을 해 나는 그 전통을 잇지 않겠다며 조심했는데, 오히려 그것이 나을 뻔했다. 1년을 기다려도 임신 소식은 오지 않았다. 의학적으로 1년 동안 부부가 충분한 노력을 했음에도 아이가 생기지 않으면 난임이다. 아직 그렇게 애타는 시기는 아니었어도, 성격상 해야 할 일들은 미리 준비해 끝내야 하는 성취감 높은 성격이라 바로 난임 병원을 찾았다.

남성의 정자 활동성이 떨어져 자연 임신으로는 1년 내 임신 성공 확률이 0.4% 정도로 매우 낮아 시험관 시술을 권유받았다. 하지만 남성의 정자 상태는 음주 흡연 및 여러 사회, 환경적인 영향을 많이 받아 변동할 수 있는 것이라, 두 사람에게 특별한 이유가 있다고 판단하기는 어렵다 했다.

시험관 시술을 진행하기로 했으나 양가에는 비밀로 했다. 부모님께 걱정 끼치기 싫고, 기대감에 부담 느끼기 싫은 마음이었다. 그때 생각만 하면 오히려 임신, 출산 때 신랑이 나한테 못 했던 것보다 더 화가 난다. 나는 주로 시술이 있는 날은 연차를 쓰고 나갔지만, 한의원 개원을 준비하는 신랑은 쉴 수 없어 병원에 동행할 수 없었다. 과배란 유도를 위해 여러 차례 주사를 맞는 일은 쉽지 않았다. 또 과배란 유도제들은 호르몬 변화와 함께 여러 감정 변화를 불러왔고, 그런 불안한 나를 받아줄 성숙한 신랑은 아니었던 터라 싸움이 잦았다.

우리는 결혼 1, 2년 차로 아직 각자 집안의 문화적 차이로 조절해야 할 갈등이 많았다. 당시 시댁이 같은 아파트에 살았는데, 나는 매일 아침, 저녁으로 부모님께 문안 인사 가는 그 당연함이 이해되지 않았다. 아버지께서 뇌출혈로 1급 장애인으로 요양 중이셨고, 어머니께서는 아버지를 종일 돌보셨다. 그래서 도움이 필요한 일들이 많았는데, 신랑은 총각 때 해 오던 그대로 도움을 드리고 싶어 했다. 지금에야 후회 없이 본인 원하는 대로 하게 했어야 한다고 생각하지만, 내가 꿈꾸던 신혼은 절대 이런 게 아니었다. 저녁에 외식이라도 하고 집에 들어올 때 같이 들어와서 오붓하게 좋은 시간 보내는 상상 누구나 할 것이다. 그런 단 하루까지도 "어머니 댁 들렀다 올게." 이러면 열불이 터졌다. 물론 신랑은 "그 10분이 그렇게 대수냐." 했지만, 나야말로 답답했다. '그 하루가 대수냐?' 그리고 그 하루를 이해해 달라고 하면 너도 네 부모님이 아파 봐야 정신을 차린다며 꼭 아픈 소리로 내 마음을 헤집어 놓던 때, 그런 상황에 나는 시험관까지 해야 했다. 그것도 꼭 내가 원인인 난임 같지는 않았단 말이지. 그런 마음에 나 역시도 신랑 자존심 상하게 하는 소리를 자주 했다.

난자 채취하던 그날도 나는 이런 감정싸움으로 마음이 상해 있었다. 혼자 생애 처음 차가운 수술대에 누워 시술하고 나가는 것도 서럽고 억울한데, 수액을 맞고 회복실에 누워 있을 때 시댁 가족 카톡 방에 우리보다 1년 일찍 결혼한 신랑 여동생의 임신 소식이 전해졌다. '누구 때문에 내가 이 고생을 하고 이를 몰라주는 남편 새끼가 있는데, 속도 모르게 임신했다고 좋아하네.' 타이밍이 참 절묘하다. 딱 그때였다. 서러움과 질투가 뒤섞인 눈물이 흘렀다. 몰래 숨죽여 울고 또 울고. 오후에 다시 진료를 가야 하는데, 병원 일 진행이 늦어져 오히려 그 늦어진 시간이 고맙게 많이 울었다.

시험관 시술의 과정이 힘든 건 단지 몸의 문제뿐만은 아니다. 기대와 달리 우리는 첫 시험관 시술에 실패했다. 기대에서 실망감으로 바뀌는 그 순간을 받아들이는 것은 쉽지 않았다. 그것도 시댁에서 토요일 점심을 먹는 중에 전화를 받았고, 그 씁쓸함이 아직도 가슴에 남아 있다.

이유를 알 수 없는 실패였기에 다음 단계는 자궁경 검사였다. 내시경으로 자궁 안쪽의 문제를 확인하고 자궁 내막을 증식시켜 임신을 돕는 방법이었다. 다행히 자궁경 이후 시험관을 쉬고 있는 동안 우리는 자연 임신으로 아이를 얻었고, 아이가 3주 빨리 태어나 시누네와 한 달 차이의 동갑 아이를 키우게 되었다.

첫째를 힘들게 얻으면 둘째는 쉽게 생긴다던데, 우리에게는 둘째도 오지 않았다. 역시 첫째를 낳고 1년 후 시험관 시술을 한 번 더 했지만 실패했고, 여러 여건상 더 이상의 시도는 하지 않았다. 여건이라기보다 첫째보다는 간절함이 덜한 듯하다. 여전히 마음 한 편에 둘째에 대한 바람이 있지만, 우리 힘으로 안 되는 것을 어찌할 것인가. 이 와중에 역시나 둘째를 준비하던 시누네는 노력 끝에 임신에 성공해 올 12월 출산을 했다. 시누네 둘째를 대하는 나의 마음이 참 복잡하다. 아이는 너무 예쁘고 부럽고 새로 육아를 시작할 시누네가 걱정되면서도, 또 우리는 해도 해도 안 되는 것이 항상 한 발짝 먼저 된 데에 대해 질투가 나는 모양이다. 신랑은 마냥 둘째 조카 생겼다고 좋아하는데, 그것도 딱 꼴 보기가 싫다.

결혼 전까지 나는 '내 노력으로 이루지 못할 것은 없다.'라고 생각하며 살았다. 그런데 이게 얼마나 교만한 생각인가. 가족들이 모두 문제없이 아이가 생겨 나에게 이런 문제가 생길 거라고는 추호도 생각해 본 적이 없는데, 이 일은 나의 의지와 노력만으로 될 수 있는 일이 아니었다. 그리고 이제는 많이 성장해 나의 부정적인 생각들을 미리 예상해 준비하지만 어쩔 수 없이 맞닥뜨리는 상황과 그에 따른 감정들, 이를 받아들이는 태도에 대해 생각해 보게 되었다. 어린 시절 열등감, 질투 등의 감정을 충분히 경험하고 사색했던 나는 그 감정을 피하는 방법은 결국 내가 먼저 이루어, 그러한 상황에 놓이지 않는 방법밖에 없다고 생각했다. 그래서 늘 더 성실하게 한발 먼저 움직였다. 하지만 그럼에도 내 노력이 닿지 못하는 부분이 있고, 이로써 어쩔 수 없이 생기는 감정은 인정하고 현명한 방식으로 처리하려는 노력이 필요하다는 것을 알았고, 이를 통해 어른으로 또 한 걸음 성장했다.

그리고 나 역시 엄마의 성향을 많이 닮아 잘못된 일에 먼저 남을 탓하는 버릇이 있다. 그런데 난임이 내 문제가 아니라고 생각해 상대방을 탓하는 마음을 가지다 보니 우리 부부는 지속적인 갈등에 내몰렸다. 결국 이 사람을 선택한 것이 내 선택이니, 이 모든 상황에 내 책임이 아닌 일은 없었다. 이 일은 내가 결정한 일에 대해 생기는 여러 가지 상황을 유연하고 긍정적으로 받아들이는 훈련이 되었다.

그리고 이 훈련은 매일 계속될 것이다. 불혹 (不惑 : 세상 일에 정신을 빼앗겨 판단을 흐리는 일이 없는 나이)의 나이에도 여전히 스멀스멀 피어오르는 부정적인 감정들과 특정일에 대해 과민 반응을 보이는 나의 모습을 보면 가끔 나는 아직 어린아이이다. 그러나 지금의 나는 이 감정에 매몰되지 않고 긍정적인 방향으로 생각을 전환해 나갈 수 있는 어른이 되었다. 이렇게 절망과 상실을 통해 우리는 더 깊숙한 감정의 실체에 직면하게 되며, 자신의 감정과 생각을 다룰 줄 아는 어른으로 한 뼘 더 성장해 간다. 그러니 어쩌면 이 절망의 상황이 꼭 우리에게 절망이라고만 할 수는 없을 것이다.

양지애의 글

절망과 상실에서
얻은 것 2
《딸이 조용히 무너져 있었다》를 읽고）

코로나가 창궐하던 2020년 6월, 한 살 위 오빠는 스스로 하늘나라에 갔다. 오빠는 강원도 동해에서 건설회사 공무 팀장으로 일하며, 2~3주에 한 번 전주 집에 오가는 주말부부로 생활했다. 오랫동안 홀로 현장의 숙소에서 지냈고, 결혼 이후 본인 가족들과 생활하던 사람이라 우울증이 있었는지조차 몰랐는데, 급성 우울증이 코로나 격리 상황으로 악화되어 여러 번의 자살 시도 끝에 성공했다고 들었다. 전주 가족과 우리 가족 모두에게 전혀 예상치 못한 뺑소니 사고 같은 일이었다. 나는 주원이 아빠가 하늘나라로 갔다는 문자를, 그 당시 편찮으셨던 새언니 아버지인 주원이 할아버지로 착각했었다.

그러고 보니 그해 설에 오빠는 상사에게 반항의 의미로 삭발했고, 엄마는 얼마나 힘들면 저럴지 짐작만 했다고 한다. 나는 새언니 아버지께서 뇌출혈로 요양병원에 계시던 중, 급성 감염증이 생겨 대학병원에 입원이 필요해 언니가 힘들어하자, 오빠를 떠나보내기 5일 전쯤 카톡으로 "언니 좀 잘 챙기라."라고 잔소리한 게 다였다. 마지막 안부 인사가 된 카톡을 보면 나는 오빠가 안녕한지 단 한마디도 묻지 않았었다. 그때 오빠는 다양하게 자살할 방법을 찾고 있었던 거 같은데 말이다.

나는 이 책을 읽기 전까지 엄마가 이 사건의 가장 큰 원인이라고 투사했고, 지금도 그 굴레에서 벗어나지 못했다. 물론 이론상으로는 우울증의 뇌신경 학적 병태 생리, 결혼 후 10년 동안 본인 가족들과의 삶, 회사에서 인간관계의 문제 및 여러 불합리한 상황에서 지킬 수 없었던 마음, 주식 손실 등 더 다양한 문제들이 있다는 것을 알았지만, 내가 직접 경험한 것은 우리 엄마, 엄마뿐이었으니까.

아픈 손가락 엄마

엄마는 중학교 때까지 천재라고 인정받던 사람이다. 하지만 남동생 셋을 둔 맏딸에 넉넉하지 못한 가정 형편으로 인문계를 가지 못하고, 광주 여상에 가 농협에 취직했다. 농협에서 사내 연애로 아빠를 만나 언니를 임신하면서 그만두고 이후 미용일을 하면서 우리를 양육했다. 내 판단으로는 본인의 기본적인 능력이 너무 뛰어나 이상이 높고 현실과의 괴리가 너무 큰 분이 아닐지 생각했다.

엄마에 대해 생각나는 두 가지 에피소드가 있다.

하나는 초등학교 6학년 때 교장 선생님이 우리 반에 문초롱이라는 예쁜 아이를 편애했는데, 학급회의 시간에 나는 이 내용을 건의 사항으로 발표했고, 이를 전해 들은 엄마는 난리가 났다. 그 나이의 나는 정의, 평등 이런 가치에 대해 남다른 생각을 하는 아이였지 싶다. 하지만 엄마는 다른 사람을 배려하지 못하고 무례한 말, 상처 주는 말을 했다고 너는 학교 다닐 필요도 없다고 강제로 학교도 가지 못하게 하고 매를 들었다. 그 당시 표현이 생각나는데 너는 칼만 안 들었지, 살인자라고 했었다.

다른 하나는 서울대 병원 인턴이 힘들어 그만두려 할 때, 엄마가 나를 붙잡으면서 나는 평생 네가 자랑스러웠다고 말했다. 그런데 그 말을 듣기 전까지 나는 엄마가 나를 자랑스러워할 거란 생각을 단 한 번도 하지 않아 머리가 멍해졌다. 늘 비판적이고 이성적이었던 엄마는 한 번도 나를 있는 그대로 사랑한다고 표현하거나 성과가 없이 잘했다 멋지다 칭찬한 적이 없었다. 또 나의 옷차림, 행동과 말 그리고 불완전한 어린 나의 성격까지 하나하나를 다 지적했으므로 나는 엄마가 나를 싫어한다고 생각했다. 지금은 그것이 걱정과 불안이 많은 엄마의 성격에서 왔고, 이 역시 나에 대한 관심과 사랑의 표현이었다는 것을 알지만, 25세까지의 나는 몰랐었다.

엄마는 본인의 이상만큼 사회적 규칙, 사람 관계의 원칙에 대한 잣대가 명확했고 내 자녀들이 절대 주변에 욕먹지 않고 살도록 가르쳤다. 그래서 자식들이 힘들다고 할 때 나약해지지 말라고, 또는 자랑할 일이 있을 때는 더 겸손해지라고 채찍질하며, 절대 칭찬하지 않으셨다. 동생이 입사 초 힘든 일을 엄마한테 하소연했더니, 엄마가 단번에 한 말이 그랬다. "너만 힘드냐?" 이런 분이다. 이걸 우리 신랑이 듣고 "장모님, 인커리지(encourage), 인커리지!" 자식들을 격려해 달라고 이렇게 엄마를 맨날 놀려댔다. 그런 엄마한테 자녀들이 힘들다고 소리 내지 못했음은 어쩌면 당연한 일이었고, 오빠 일에 있어서 내 감정은 계속 이 부분이 건드려졌다.

감정이 많고 불안한 엄마를 해석하는 것이 나는 어려웠다.

엄마는 이상적인 생각과 현실의 접점을 찾지 못해 결정 내리는 것을 두려워했고, 본인이 진짜 원하는 것이 무엇인지 표현을 잘 못해 그것을 주변에서 알아서 해줘야 만족하는 분이었다. 지금도 본인의 생각 및 감정과 상관없이 모든 것을 희생해 상대방을 맞춰주나, 마음에 쌓이는 서운함이 한 번씩 폭발되는 분으로 인생을 조금 더 솔직하게 사실 필요가 있는 분이다. 그러나 지금 생각해 보면 엄마도 본인을 향한 무조건적인 사랑과 지지가 필요했던 한 사람일 뿐이었다. 그 시절 부모, 남편 누구 하나 본인에게 절대적 지지자가 되지 못했으니, 자신의 판단이나 감정을 확신할 수 없고 현실은 늘 힘들어 내가 참고 또 참으면 지나가겠지. 그렇게 평생을 사시지 않았을까 생각한다.

이 책을 통해 받은 위로

저자 부부는 서울대 병원 출신 의사로 그런 가정도 양극성 장애에 반복적으로 자해하는 딸을 돌보는 문제를 안고 있다니, 비단 이런 문제가 못난 우리 가정에만 생기는 문제가 아니구나!하고 자연스레 위로가 됐다. 또 엄마에 대한 나의 마음을 차분히 다시 정리해야겠다고 생각했다. 나는 옆의 선생님이 종종 ADHD 아들을 둔 엄마로서 힘듦과 우울을 이야기

할 때 항상 엄마 생각을 한다.

그런데 또 엄마를 닮아 이성적인 나는 과연 그렇다면 오빠의 병을 알고 치료하며 끌고 오는 긴 과정에서 우리는 과연 어땠을까? 건강하게 해결할 수 있었을까? 상상해 본다. 어쩌면 지금처럼 아름다운 아픔과 그리움으로 남는 것이 나은 게 아닐까? 라는 미친 생각도 했다가, 다만 정신병을 앓는 자녀를 부모가 해하는 것이 제일 나쁜 결말이라고 그것까지도 상상한 저자의 질문에 내 생각 또한 할 수도 있었을 생각이구나에 감히 위로받는다.

의사 아내와 한의사 남편의 상황 역전

책에도 언급되지만, 인생의 어떤 이벤트에는 한 가지 면만 존재하지는 않는다. 오빠 일을 통해 정말 인생을 겸손하게 살아야겠다고 다짐했다. 장애인 아버지를 모셔야 하는 한의사 신랑과 여의사가 결혼하는 것은 많은 주변 사람이 보기에 내가 밑지는 결혼이었다. 결혼 초 본인 가정을 책임져야 하는 신랑보다 독립적인 생활을 유지하고 우리를 도와주실 수 있는 부모님이 계신 내가 이 결혼의 강자 같은 생각이 들었고, 그래서 생기는 다툼도 많았다. 그런데 이 일이 있고 상황이 역전되었다. 그 사이 아버지는 돌아가셨고, 우리는 우리 부모님, 오빠네 아이들과 새언니 그리고 아직도 정신 못 차린 막냇동생까지 다 챙겨야 하는 상황이 되었다. 실제로 나보다 아이 아빠가 워낙 책임감이 강하고 가족들에게 따뜻한 성격이라 친정 가족들 챙기는 일을 함께 해주고 있다. 이제는 나 같은 가정환경을 가진 여자랑 결혼한 우리 신랑이 불쌍할 정도이니 인생 참 모른다.

할 수 있는 일이 있다는 것만으로 행복한 거

나와 같은 위로 받으라고 엄마에게 이 책을 사줄까 생각했다가 엄마는 어떤 생각을 할까 무서워 관뒀다. 아마 그래도 너(저자)는 나보다 행복하다 하실 거 같다. 엄마는 '네가 지금 아이를 위해 할 수 있는 것이 있다면 행복이다'라고 생각하실 듯하다. 이 말은 내가 옆 선생님께도 한 번쯤은 해주고 싶은 위로의 말이었다. 우리한테 이 일은 천둥 벼락같은 갑작스러운 일이어서 엄마는 본인이 어떤 것도 할 수 없었다는 무력감이 크지 않았을까 혼자 생각한다. 엄마 마음의 깊이를 다 알 수는 없지만.

우리는 과연 다시 웃을 수 있을까

여전히 시간은 무심히 흐르고, 우리는 똑같은 하루하루를 산다. 오빠 일이 있었던 직후에는 주변의 누군가가 살아 있는 것만으로 감사하며, 그들에 대한 어떤 불만도 미움도 갖지 말자고 다짐했다. 하지만 나는 여전히 가족, 회사 등 주변 사람들과 작은 일에 감정 소비하며 울고 웃는다.

스스로 현재 건강하게 산다고 생각하는데, 행복한 순간에 떠오르는 건 이상하게도 항상 오빠다. 내가 이렇게 행복해도 되는지 그 자체가 죄책감이 들 때가 있다. 다만, 신랑이랑 매번 싸우면서도 항상 인정할 수밖에 없는 부분은, 이런 상황을 극복하고 건강하게 가정과 관계를 지킬 수 있었던 힘은 다 신랑의 격정적인 사랑과 변함없는 마음에서 왔다. 신랑은 나한테 무조건적인 지지자라서 나를 지킨 건 정말 신랑이고, 이후 아들 예준이다.

그저, 감사뿐입니다

하나님은 감당할 수 있는 자에게, 감당할 만큼의 시련을 주신다라고 생각하지만, 어떨 때는 우리 가정에만 그 무게가 왜 그리 무거운 걸까 한탄했다. 그러나 이 모든 상황에서 우리가 결정할 수 있는 것은 그리 많지 않았다. 삶은 나에게 주어졌고, 절망과 상실은 내가 가장 자만하여 방심할 때 시시때때로 그렇게 문을 두드렸다. 그저 내가 결정할 수 있는 것은 이 시간을 어떻게 다듬어 내 안에 상처 없이 품을 수 있을지였고, 이 절망의 순간 늘 나와 내 가족을 향하는 정죄함을 잘 살피어 스스로 용서하는 법을 배우고 그로서 놓인 상황에서 감사와 행복을 찾는 것뿐이었다. 우리는 그렇게 절망과 상실을 통해 소중한 것을 깨닫고, 일상의 감사함을 알게 되었다.

새로운 관계가 내 삶에 들어올 때마다 그리고 사이가 가까워질수록 나는 나의 일상의 큰 부분을 차지하는 오빠 이야기를 얼마만큼 어떻게 꺼내 놓아야 하는지 큰 숙제를 안고 있었는데, 이번 글쓰기로 숙제 하나를 해결한 느낌이다.

마지막으로 엄마께 드리는 말씀

엄마! 당신의 한평생 수고와 애씀 그리고 아픔과 절망을 돌아보니, 그저 이 삶을 견뎌 주신 것만으로 감사합니다. 엄마의 견뎌냈던 마음을 보지 않고 누구도 선택할 수 없었던 우리의 상황만으로 나는 엄마를 미워하고 원망했습니다. 죄송합니다. 평생 외로웠고 원망스러웠던 나의 40년이 이제는 그저, 감사일뿐입니다. 그러니 이제 마음의 짐 내려놓고, 나중에 하늘나라 가서 오빠한테도 감사했다고 큰절 받을 때까지 즐겁고 건강하게 살다 가십시다.

　나는 또 어떤 절망과 상실을 거쳐 지천명에 이르게 될까. 다음 절망을 기대해 본다.

양지애의 글

'평가와 시선', 즉 '욕먹는 것'에 그러려니 하는 맷집을 기르는 것은 중년에 꼭 획득해야 할 삶의 지혜다. 꿈같은 완벽주의는 40대 이전에 반드시 끝내야만 한다. 아주 징한 녀석이니 말이다.

제2부

아직 꽃 피기 전

어쩌다, 초보 중년

중년이 시작되는 마흔 살 안팎의 나이. 통계청 기준으로 중년은 40세에서 64세라고 해요. 지금의 저는 초보 중년이에요. 제 주변의 초보 중년들이 사는 모습은 비슷해요. 직장에 다니거나 가정주부를 하면서 유치원이나 초등학교에 다니는 아직 손이 많이 가는 어린 자녀를 키우고 있어요. 직장에서는 한창 일이 몰리는 시기로, 힘내서 일해야 하는 중간관리자가 되었고요. 윗사람과 아랫사람의 사이에 낀 중간관리자로서 양쪽을 조율하는 역할이 많은 시기예요. 은퇴하셨거나 은퇴할 즈음이 되신 부모님이 계시고, 부모님이 벌써 돌아가셨거나 점점 자주 아픈 부모님을 모시고 병원에 다니고 있어요.

만나서 얘기 나눠보면 고민도 비슷해요. 자아가 형성되고 있는 아이 양육의 어려움, 초등학교에 들어가며 생기는 공부와 친구들과의 관계에 대한 고민, 아이 키우고 직장 다니며 부모님도 돌봐야 하는 바쁜 삶, 함께 해도 힘든 양육과 집안일을 대부분 엄마 혼자 짊어진 버거움, 배우자와 소통할 시간과 여유가 없어 생기는 교감의 부재, 직장에서 윗사람과 아랫사람 사이에 낀 세대로서의 고단함. 엄마, 아내, 자식, 직장인으로서 한꺼번에 많은 역할을 하면서 '나'가 사라지는 혼란스러움이 큰 시기예요. 이런 경험과 고민을 얘기하다 보면, 나만 그런 것이 아니라 사람 사는 거 비슷하다는 생각이 들고 위안을 얻기도 해요.

어느새 중년이 되었음을 몸의 변화로 느끼고 있어요. 어느 순간부터 몸에 상처가 나면 피가 금방 멈추지 않고 잘 아물지 않아요. 딱지가 생기기까지와 생겨서 떨어지기까지 전보다 더 오래 걸려요. 잘 기억하지 못하는 깜빡거림이 더 심해졌고요. 아직 노안은 아니지만, 눈이 전보다 침침하고 글씨가 퍼져 보여요. 규칙적으로 운동을 하지만 몸이 더 무거워졌어요. 많이 먹지 않아도 살이 찌거나 다이어트를 해도 쉽게 빠지지 않는 것을 보면 기초대사량이 줄어들었나 봐요. 무거워진 몸 때문에 무릎과 발바닥이 아프기도 했어요.

성인이 된 후로 추운 겨울과 더운 여름을 가리지 않고 마셔온 맥주를 이제는 떠올리기만 하는 날이 훨씬 많아졌어요. 운동 후와 산의 정상에 오른 후에 땀을 흠뻑 흘리고 마셔줘야 마무리되는 것 같은 느낌이 드는데 말이죠. 맥주를 덜 마시게 된 가장 큰 이유는 장이 안 좋아져서예요. 나이가 들어가며 장이나 간의 기능도 떨어진 것이 느껴졌어요. 맥주를 덜 마심으로써 몸의 변화와 타협하고 있어요. 마음껏 마셨던 그때가 그립기도 하지만, 참다가 가끔 마시는 맥주도 꿀맛이에요. 건강 챙기며 가끔 꿀맛 맥주를 마실 수 있는 지금의 삶도 괜찮아요.

이제 건강을 살뜰하게 챙길 나이가 되었어요. 심각한 병이 생겼던 것은 아니지만 비교적 일찍 건강의 중요성을 깨닫게 되어 다행이에요. 더 늦기 전에, 심각한 질병을 직접 경험하기 전에 건강을 챙길 수 있어서요. 노화 현상은 나이가 들수록 더 심해지겠죠. "너도 나이 더 들어봐. 점점 더 심해져. 여기도 아프고, 저기도 아프고." 제가 친정엄마에게 몸의 어디가 안 좋다고 얘기하면 돌아오는 대답이에요. 지금은 노화가 진행되고 있음을 느끼며 슬프기보다는 그저 담담하게 몸의 변화를 관찰하고 있어요. 노화는 자연스러운 현상이니까요.

건강하게 나이 들고 싶어요. 죽기 직전까지 나의 근육으로 걸을 수 있을 만큼의 건강을 지키며 살고 싶어요. 2023년 부산국제영화제에 참석했던 주윤발은 "늙어가는 건 무서운 게 아니다. 그게 인생이다. 인생에 죽음이 없다면 너무 이상하지 않나."라고 인터뷰했어요. 오랜만에 기사의 사진에서 본 주윤발은 주름이 많이 늘고 수척해진 얼굴이었어요. 그런 그가 늙어감과 죽음을 얘기하니 더 묵직하게 느껴졌어요. 다가오는 늙음은 자연스럽게 받아들이고 있지만, 죽음은 자연스럽게 받아들이지 못하겠어요. 아직 피부에 와닿는 주제는 아니에요. 언젠가는 받아들여야 할 주제이지만요.

몸은 나이만큼의 속도로 노화가 진행되고 있지만, 마음은 그렇지 않아요. 몸과는 반대로 점점 단단해지고 있어요. 질풍노도의 시기인 십 대의 청소년기를 지나고, 안정적인 직업을 찾기 전 불안했던 이삼십 대를 지나, 큰 파도 없이 일상의 잔잔한 흔들림만 있는 사십 대의 이 시기가 좋아요. 그래서 마흔을 불혹의 나이라고 하나 봐요. "불혹, 세상일에 정신을 빼앗겨 판단을 흐리는 일이 없는 나이". 공자가 사십 세에 이르러 직접 체험한 것이라고 하니, 몇 세기를 초월한 진리를 경험하고 있다는 생각에 동질감이 느껴져요. 이제 어떤 일이 일어나더라도 정신을 빼앗겨 판단을 흐리는 일은 거의 일어나지 않아요.

사람들은 마흔 즈음이 되면 갑자기 큰 변화가 생기기라도 할 것처럼 두려워해요. 어쩌면 마케팅이 이런 불안을 극대화하는 것일 수 있어요. 온라인 서점에서 '마흔'으로 검색해 보니, 《마흔, 완전하지 않아도 괜찮아》, 《마흔 이후, 어떻게 살아야 하는 걸까》 등의 책이 나와요. 그만큼 불안해한다는 뜻이겠지요. 불안한 초보 중년들은 어떻게 해야 할지 몰라서 이런 책들을 찾아서 읽는 것이고요. 하지만 불안해할 필요 없는 것 같아요. 아무 일도 일어나지 않거든요. 어제와 같은 오늘, 오늘과 같은 내일이 있을 뿐이에요. 오늘을 잘 살아가는 것이 현재 해야 할 일이에요.

중년에는 몸에 실전 경험의 흔적들이 쌓이고, 머리에 축적되는 지식이 늘어나요. 지식은 경험을 통해 견고해지고, 경험은 지식으로 인해 시행착오가 줄어들어요. 경험과 지식이 합쳐져 과거보다 더 단단하고 성장한 현재의 나를 만들어요. 시간이 지나 경험과 지식이 더 쌓이면 지금보다 더 단단해지고 성장할 거예요. 그렇게 단단하게 성장해 가는 시기가 초보 중년이라고 생각해요.

사회가 진짜 필요로 하는 어른이 되고 싶다면, 이 시기를 건강하게 보내야 해요. 우리는 주변에 '진짜 어른'이 없다고 불만을 얘기하잖아요. 롤 모델을 정하고 모방하고 배우며 성장하라고 하는데, 주변을 아무리 둘러봐도 롤 모델이 거의 없어요. 그럴수록 우리가 진짜 어른이 되어 롤 모델이 되면 어떨까요. 모여서 불평불만을 얘기할 시간에 몸과 마음공부를 통해 어른이 되기 위한 노력을 해보는 거예요.

마음이 단단해지면 몸의 변화가 더이상 두렵지 않을 수 있어요. 몸의 변화를 자연스러운 현상으로 받아들이면 당연한 것이 되어 노화에 대한 불안이 줄어들 수 있어요. 그래서 초보 중년의 시기에는 마음공부가 필요해요. 몸과 마음은 나를 이루는 전부이므로, 몸을 챙기며 마음을 공부해 보세요. 100세까지 살아야 하니까 나를 챙기며 천천히 가보도록 해요.

이선미의 글

내가 만드는 건강

몸이 늙어가는 변화를 불안해하지 않으려면, 그게 인생의 한 과정임을 받아들이는 연습이 필요해요. 불안해만 하면 노화가 더 빨라지지 않을까요. 불안하고 두렵다면, 몸과 마음이 건강하도록 무엇이든 당장 실천하는 것이 답이에요. 당장 무엇을 실천할지 모르겠다고요? 일단 운동화 끈을 질끈 묶고 밖으로 나가 어디든 걸어보세요.

제 삶에서 본격적인 걷기의 시작은 올레길이었어요. 2022년 1월, 인스타그램에서 올레길 걷는 사람의 포스팅을 우연히 봤어요. "나도 해 볼까? 그래, 해 보자." 시작을 두려워하지 않고 실행이 빠른 저는 바로 비행기표를 예약하고, 올레길

스타트 패키지를 구매했어요. 패스포트, 트레킹 양말, 가이드 북, 《제주 올레 여행》 책. 모든 시작이 즐거운 이유는 장비 때문이죠.

그다음으로 목표를 세웠어요. 한 달에 한 번, 일박 이일, 한 번 갈 때마다 두 코스씩 걷기로요. 제일 빠른 비행기로 가서 한 코스를 걷고, 다음날 한 코스를 걷고 제일 늦은 비행기로 돌아오면 가능하더라고요. 계획대로라면 2022년도에 목표를 달성해야 했지만, 아직 걷고 있습니다. 계획은 수정하라고 있는 것이니까요. 끝까지 포기하지만 않으면 돼요. 목표는 수정하고 수정하여 2024년 상반기에 완주하는 것으로 정했어요. 패스포트에 모든 도장을 찍고 완주하는 날, 완주증서와 메달을 받고 명예의 전당에 오를 거예요.

한 달에 한 번 올레길을 걸으며 걷기의 즐거움을 맛보았지만, 현실에서는 운동을 거의 하지 못했어요. 마흔쯤이 되자 물만 마셔도 살이 찌기 시작했어요. 몸무게가 최대치를 향해 달려갔지만, 포기한 상태로 한참을 지냈어요. 임신 시기의 몸무게를 갱신하려는 것인가. 배와 허벅지에 없던 살들이 생겨나고, 생겨난 살들은 생각지도 못한 방법으로 저를 불편하고 아프게 했어요. 몸에 맞는 옷은 줄어들고, 고무줄이 들어가 언제든 편하게 활동할 수 있도록 만들어주는 느슨한 옷이 늘어났어요. 변화한 몸을 보며 가꾸지 않는 미련한 자신이 싫었어요. 자신감은 떨어지고 걱정은 하지만, 무엇도 하지 않는 반은 포기한 상태로 한참을 지냈어요.

주말부부인 저는 평일에 혼자 오롯이 아이를 돌봐야 하므로 퇴근 후 운동이 쉽지 않아요. 저녁의 어두움이 무서운 아이는 엄마가 늘 옆에서 안전하게 지켜 주기를 바라거든요. 운동을 등록했다가도, 불안해하며 수시로 전화를 걸어대는 아이를 그냥 둘 수 없어서 중단했어요. 운동하지 못하는 상태에서 식습관은 변하지 않고 기초대사량이 줄어드니 점점 살이 쪘던 것이지요.

더이상 가만히 있을 수 없는 정도까지 건강이 나빠졌어요. 상체에 덕지덕지 붙은 살들이 무릎과 발바닥을 내리누르기 시작했거든요. 무릎 앞부분이 시큰거리고, 발바닥에 염증이 생겼어요. 절뚝거릴 정도로 나빠져서야 병원을 찾았어요. 의사는 발바닥에 통증 완화 주사를 놔주며 많이 걷지 말라고 했어요. 산을 오르내리며 식물 조사를 해야 하는 저에게 많이 걷지 말라니요. 제 몸에서 가장 소중한 부분이 삐그덕거리기 시작해서 뭔가를 해야만 했어요. 안 그러면 생계유지가 곤란해지니까요.

2023년, 드디어 운동을 시작했습니다. 아주 작은 것부터요. 틈날 때마다 걷기. 그동안 왜 걷지 않고 앉아만 있었을까요. 인간은 앉는 자세보다 서 있는 자세가 적합한 것으로 진화되었다고 해요. 진화의 흐름을 거스르고 있으니, 허리와 목도 아팠어요. 걷기 시작하기 전 하루 동안의 걸음 수는 많아야 3천 걸음이었고, 대부분 2천 걸음 남짓이었어요. 걷기로 마음먹자마자 회사에서 하는 30일 동안 매일 만 보 챌린지를 신청했어요. 첫 번째 챌린지는 실패. 괜찮아요. 두 번째 챌린지를 신청했어요. 결과는 성공. 한 번의 성취는 습관으로 이어졌어요.

《습관의 말들》에서는 습관과 관련된 다양한 사례를 제시하는데, 그중 유럽 사회심리학 저널에 실린 '습관이 형성되는 데 걸리는 시간'을 연구한 논문에 따르면, 어떤 행동이 습관이 되기까지 평균 66일이 걸린다고 해요. 실패한 챌린지를 포함하면 거의 60일 동안 걸었어요. 습관이 된 지금은 새벽에 실내 자전거를 타고, 회사에서 다른 층에 있는 화장실에 걸어갔다가 오고, 쉬는 시간 10분 동안 걷고, 점심시간에 걷고, 퇴근 후 아파트 제일 꼭대기 층까지 올라갔다가 집으로 들어가요. 습관은 별것 아닌 사소한 것에서부터 시작하여 만들어지더라고요. "처음에는 우리가 습관을 만들지만, 그다음에는 습관이 우리를 만든다."라고 존 드라이든이 이야기했어요. 걷기가 습관이 된 지금, 다른 어느 때보다 건강한 삶을 살고 있어요. 더이상 무릎과 발바닥, 허리와 목이 아프지 않고요.

정희원 작가는 《당신도 느리게 나이들 수 있습니다》에서 오랜 시간 운동해 왔더라도 바른 자세가 아닌 채 운동할 수 있으니 가끔 점검받는 것이 좋다고 해요. 또한 "팔다리 근육량을 기준으로, 가장 건강했을 때의 평균 근육량에서 남자는 약 15킬로그램, 여자는 약 10킬로그램을 잃으면 여생을 누워서 살아야 한다."라고 합니다. 걷기뿐만 아니라 근육량을 유지할 수 있는 운동도 시작해야겠어요.

걷기와 동시에 시작한 것은 식단 관리예요. 저는 그 누구보다 고기를 좋아했어요. 날마다, 심지어 어떤 날은 끼니마다 고기를 먹은 적도 있어요. 혀끝을 달콤하게 만들어 일시적으로 행복함을 가져다주는 튀김과 밀가루 음식도 좋아했어요. 하지만 살이 찌면서 몸이 아프고, 소화능력도 떨어지는 것을 감지했어요. 입이 좋아하는 음식을 많이 먹은 날은 더부룩함이 오랜 시간 지속되었어요. 몸이 불편하니 식단 관리를 시작할 수밖에 없었어요.

먼저 먹는 음식의 구성과 순서를 바꿨어요. 고기와 탄수화물의 섭취량을 확 줄이고 채소의 섭취량을 늘렸어요. 혈당 스파이크가 생기는 것을 방지하기 위해 채소, 단백질, 지방, 탄수화물의 순서로 먹기 시작했어요. 잠자기 4시간 전에 저녁 식사를 마치고 공복을 12시간 이상 유지하도록 노력하고 있어요. 이 습관은 두 달간의 다이어트 챌린지를 통해 만들었어요. 습관을 만들기까지 평균 66일이 걸린다는 연구 결과는 저에게 딱 들어맞았어요. 혼자 하기 어렵다면 목표가 같은 사람들과 함께 해보세요. 목표를 이룰 확률이 확 높아집니다.

다이어트의 원리는 단순해요. 덜 먹고, 가공되지 않은 건강한 음식을 먹고, 꾸준히 운동하는 것. 하지만 우리는 더 먹고 싶고, 입이 즐거운 음식을 먹고 싶고, 귀찮은 운동은 하고 싶지 않죠. 살이 빠지지 않는 이유예요. 마음을 먹기까지가 오래 걸려요. 하지만 나이가 들어 몸이 변하니까 자연스럽게 마음도 바뀌더라고요. 이렇게 운동과 식단 관리로 세 달 동안 7킬로그램을 감량했어요. 해야 하는 것이 있다면 작은 목표를 세우고 바로 실천해 보세요. 몸이 가벼워지면 할 수 있는 것들이 늘어난답니다.　　　　　　　　이선미의 글

책이 책을
부르는 마법

책을 읽고 글을 쓰며 마음을 챙기고 삶을 다듬어가요. 책 읽기와 글쓰기가 더욱 나다운 삶의 방향으로 이끌고, 점점 나은 내가 되는 것이 느껴져요. 사람들이 왜 그렇게 강조했는지 이제야 온몸으로 깨닫고 있어요.

여섯 살 때부터 책을 읽기 시작했어요. 엄마는 버스가 하루에 여섯 번만 다니는 외떨어진 시골에서 저를 키워야 해서 마음이 불안했어요. 도시에 사는 아이들처럼 일찍부터 사교육을 시킬 수 없었거든요. 그때는 시내에도 서점이 없어 방문 판매원에게 그림책을 샀다고 해요. 저에게 책은 장난감이었어요. 엄마가 읽어주시고, 다른 놀이를 할 때는 늘 카세트에서 이야기가 흘러나왔어요. 어릴 적 저를 둘러싼 공간에는 늘 책이 있었어요. 어릴 때 자라면서 책 읽는 환경이 매우 중요하다는 것을 깨달았어요.

책 읽기에 흥미를 갖게 된 다른 이유는 중학교 1학년 때 담임선생님 덕분이에요. 학교 최초로 학급 문고를 만들고, 선생님께서 책 목록을 작성하신 후 학생들에게 한 권씩 사 오도록 하셨어요. 학급 문고에 모인 책을 꾸준히 읽도록 장려하셨고요. 반에서 책 좋아하는 아이들을 모아 제1회 서울국제도서전에 데리고 가주셨어요. 서울 가는 버스도 자주 없고 서울 가는 것도 흔하지 않을 때였어요. 시골 중학교의 작은 운동장보다 몇 배나 넓은 공간에 새롭고 다양한 책과 책을 좋아하는 사람이 가득한 모습을 보고 문화 충격을 받았어요. 다녀와서 책을 더 열심히 읽었어요. 그렇게 평생 책 읽는 습관이 생겼어요. 훌륭한 선생님 한 분의 영향력이 이렇게 큽니다.

무슨 일을 하든 목표를 세우는 것을 좋아해요. 목표가 없으면 지지부진 늘어져서 실패를 많이 하더라고요. 매년 독서 목표는 150권이에요. 숫자가 중요하지 않다고들 하지만, 목표가 있으면 조금이라도 더 읽을 수 있어요. 150권을 12개월로 쪼개면 한 달에 12권, 한 달은 4주니까 일주일에 3권. 큰 목표를 세우고, 중간 목표와 작은 목표로 나누면 실천하기가 훨씬 쉬워요. 회사에 다니며 아이를 키우는 워킹맘으로써 집 안일까지 하면 책 읽는 시간은 늘 부족해요. 그럼에도 어떻게 일주일에 세 권을 읽는지 저의 방법을 알려드릴게요.

하루 중 묵직하게 몰입하여 책 읽는 시간은 새벽이에요. 매일 새벽, 20여 명의 사람들과 줌에서 모여 한 시간 동안 각자의 책을 읽어요. 이 시간에는 조금 어려운 책을 읽어요. 고요한 가운데 집중이 잘 되는 시간이므로 가벼운 소설이나 에세이를 읽으면 시간이 아까워요. 그래서 주로 자기 계발, 철학, 인문학 책을 읽어요. 머릿속 생각들이 분주하게 움직이며 서로 연결되는 시간이에요. 새벽에 읽으면 일주일에 한 권 이상을 읽어요.

출근하여 본격적으로 일하기 전, 10분 독서를 해요. 일 시동을 걸기에 적합한 책들을 찾아 읽어요. 특별한 약속이 없는 점심시간과 잠자기 전 10분 동안 책을 읽어요. 매일 조금씩 남는 자투리 시간을 그러모으니, 일주일에 한 권은 읽더라고요. 책 읽을 시간이 없으시다면 휴대전화 보는 시간을 줄여 틈새 독서를 해보세요.

주말에는 매일 한 권을 읽는 것이 목표예요. 하루에 두세 시간만 내면, 충분히 읽을 수 있어요. 이렇게 일주일에 3권, 한 달에 12권, 일 년에 150권을 읽고 있어요.

이덕무 작가님이 쓴 《책에 미친 바보》라는 책이 있어요.

제목이 찰떡처럼 입에 달라붙는데요. 책에 미친 바보, 여기 한 명 더 있습니다. 요즘의 제 모습을 표현하는 적절한 단어 조합이에요. 이렇게까지 책 읽기에 진심이었던 적이 있었던가. 어릴 때부터 지금까지 늘 책을 읽고 있지만, 지금처럼 깊이 빠져서 읽었던 적은 '없었다'라고 분명하게 얘기할 수 있어요.

주말마다 여행하는 것을 좋아하지만, 약속이 없는 주말도 좋아요. 나만의 동굴로 들어가 책만 읽는 시간이 좋아요. 책에 몰입하면 그동안 느끼지 못했던 충만함을 느껴요. 책 읽기의 맛을 주변 사람들에게 알려주고 싶어요. 그래서 오늘도 책을 읽고 글을 써요.

거실의 한쪽 벽면은 책으로 가득 차 있어요. 어릴 적 로망이었어요. 나의 공간을 책으로 가득 채운 후 가장 편안한 옷차림으로 포근한 소파에 느슨하게 누워 책을 읽는 것이요. 가득 채우지는 못했지만, 책을 읽다가 고개를 들어 책 병풍을 바라보면 흐뭇해져요.

이사를 여러 번 하다 보니, 책도 짐이 된다는 것을 깨달았어요. 이삿짐센터에서 오신 분들은 빠짐없이 저에게 무슨 일을 하느냐고 물으세요. 책이 이렇게 많은 집은 처음 봤다면서요. '아저씨 저는 책이 더 고픈데요.'라고 속으로 대답해요. 이사할 때마다 읽지 않는 책을 골라내어 나눔을 하지만, 그

공간은 금세 다른 책으로 채워져요. 그만 사자, 사지 말자, 다짐하면서 책 구입을 줄이려고 노력해요.

미니멀리즘과 관련된 책을 여러 권 읽은 후, 사는 책을 줄이기 위해 노력하고 있어요. 읽고 싶은 책이 생기면 먼저 시립도서관 홈페이지에서 검색해요. 없으면 희망 도서 바로 대출을 신청해요. 한 사람당 한 달에 다섯 권, 최근 5년 이내에 출판된 책을 신청할 수 있어요. 신청한 책은 지역의 독립서점에서 받을 수 있어요. 새 책을 빌려서 읽으니, 책을 사서 읽는 것과 비슷한 느낌이에요. 시립도서관은 예산을 적절하게 사용해서 좋고, 독립서점은 책을 판매해서 좋고, 이용자는 새 책을 읽어서 좋고, 1석 3조예요. 희망 도서 바로 대출을 신청할 수 없는 책은 온라인 독서 플랫폼인 밀리의 서재에서 검색해요. 여기에도 없다면 그때 책을 사요. 빌려서 읽었거나 밀리의 서재에서 읽었는데, 소장할 가치가 있다면 그때도 새 책을 사요.

최근에는 《도둑맞은 집중력》을 읽고 디지털 디톡스를 하기 위해 노력하고 있어요. 사무직의 성인이 평균적으로 한 가지 일에 집중하는 시간은 3분이라고 해요. 일하다가 카톡이 울리면 확인하고 전화 오면 받고, 쉬는 시간이나 이동 할 때, 잠자기 전과 같이 틈만 나면 쓸데없이 휴대전화를 보더라고요. 이 책을 읽은 후 습관으로 만들기 위해 매일 해야 할 일

목록에 '휴대전화 덜 보기'를 적어놓고 실행했는지 체크하고 있어요. '내가 만드는 건강' 파트에서 언급했듯이, 습관으로 만들기까지 걸리는 기간은 평균 66일이에요. 휴대전화로 쇼핑하고 포스팅이나 뉴스를 보는 시간만 줄여도 틈새 독서를 할 시간이 확 늘어난답니다.

책을 좋아하다 보니 자연스럽게 서점에 가는 시간도 늘어났어요. 전국적으로 600개에서 800개의 독립서점이 있다고 해요. 국내 여행할 때, 목적지가 정해지면 제일 먼저 검색하는 것은 독립서점이에요. 어디를 가든 서점 하나씩은 꼭 있는 세상이 되어서 기뻐요. 누군가가 "여행은 서서 하는 독서, 독서는 앉아서 하는 여행"이라는 말을 했어요. 여행 가서 책을 읽는다면 두 배의 기쁨을 얻을 수 있어요.

읽는 인간을 호모부커스라고 한대요. 호모부커스의 삶은 책을 읽는 매 순간이 재미와 의미로 가득해요. 그래서 책이 책을 부르는 마법 같은 일이 생겨요. 책 읽고 글 쓰며 새로운 것을 알고, 내 생각의 견고한 틀을 만들어 가며 내적으로 성장해 가는 느낌이 좋아요. 새벽에 일어나지 않았다면, 책을 읽지 않았다면, 글을 쓰지 않았다면, 일과 육아와 집안일에 치여 우울했을 거예요. 내 삶을 구원하는 책 읽기예요. 책을 읽으면 생기는 에너지로 균형을 맞춘 삶을 살아보세요.

이선미의 글

뒤늦게 맛본
글쓰기

2023년 초에 글쓰기 관련 목표를 세 가지 세웠어요. 첫 번째는 새벽에 글쓰기, 두 번째는 글쓰기 강의 듣기, 세 번째는 책 쓰기. 첫 번째 목표는 8월부터 시작하였고, 두 번째 목표는 1월부터 온갖 글쓰기 강의를 찾아 듣고 있으며, 세 번째 목표를 위해 이 글을 쓰고 있어요. 마음먹고 글쓰기를 시작한 것은 9월이에요. 변은혜 작가님이 운영하는 단단글방에서 한 달, 정담아 작가님이 운영하는 담아, 내다에서 세 달 째 매일 글쓰기를 하고 있어요.

돌아보면 18년 전부터 늘 글을 쓰고 있었어요. 연구논문,

연구계획서, 중간보고서, 결과보고서, 요약보고서, 검토의견서, 자문의견서, 각종 계획(안) 등. 주로 과학 글쓰기를 했어요. 실험과 현장 조사를 통해 얻은 결과를 표와 그림으로 보기 좋게 그린 후, 객관적이고 논리적으로 설명하는 것이 핵심이에요. 처음에는 지도교수님이 시켜서 논문 여러 편을 무작정 따라 썼어요. 이 과정을 돌아보니 그게 바로 필사였어요. 선배들이 작성하고 있는 연구보고서를 옆에서 지켜보며 어설프게 따라 썼어요. 제대로 배운 적은 없지만, 그럭저럭 해 왔어요. 누구도 크게 지적하지 않았기에 글쓰기 강의를 듣고 배워야 한다는 생각조차 하지 못했어요. 뒤늦게 글쓰기의 중요성을 깨닫고 틈틈이 공부하고 있어요.

일상 글쓰기를 시작한 것은 2022년 1월 1일부터예요. 김미경 강사님이 하는 미라클모닝에 참여하면서부터요. 인스타그램에 매일 새벽에 일어나 한 일과 떠오르는 생각들을 쓰기 시작했어요. 처음에는 어색했어요. 아는 사람이 볼까 봐 마음이 쪼그라들기도 했어요. 처음에는 한두 줄로 새벽에 한 일만 겨우 썼지만, 분량은 점점 늘어났어요. 미라클모닝은 처음에는 인스타그램의 세계로, 그다음에는 블로그의 세계로 이끌었어요. 한두 줄만 쓰던 제가 지금은 블로그에 책과 관련된 꽤 긴 글을 올리고 있어요.

제가 속한 온라인 커뮤니티 '책마음'에서는 읽고 쓰는 독서 모임을 장려하고 있어요. 작년부터 이곳에 속하며 새벽에 함께 책을 읽고 변은혜 작가님의 강의를 들었는데, 작가님의 가치관이 서서히 저에게 흡수되었어요. 커뮤니티에서 소극적으로 책만 읽던 저는 한 걸음 나아가 4월부터 단단북클럽에 참여했어요. 문학과 비문학을 교차하여 읽고 토론하는데, 작가님께서 글쓰기 책을 꼭 한 권씩 넣으셨어요. 아웃풋이 중요하다고 강조하시면서요. 글쓰기 강의를 듣고, 사람들과 글쓰기를 주제로 토론하고 미니실습을 했어요. 추천해 주신 글쓰기 책을 한 권, 두 권 읽다 보니 자연스럽게 글쓰기를 시작하게 되었어요.

《쓸수록 나는 내가 된다》를 쓴 손화신 작가님은 상처가 많았는데, 글쓰기를 통해 상처가 치유되었던 경험을 나누기 위해 이 책을 썼다고 해요. 책을 읽는 내내 글 쓰는 마음이 느껴졌어요. 뒤표지에 있는 책의 인용 문구는 제 마음을 사로잡았어요. "나를 잃었을 때 미친 듯이 쓰기 시작했다." 힘든 일을 겪는 사람 중에 미치도록 글이 쓰고 싶어지는 사람이 얼마나 될까요. 글은 작가만이 쓴다는 고정관념과 글쓰기에 대한 무지와 두려움이 시작을 가로막는 것이 아닐까요.

이제는 저도 힘들 때마다 내 마음이 왜 힘든지 알아차리기 위해 글을 써요. 생각나는 것을 모두 적으면 진짜 내 마음이 무엇인지 알 수 있더라고요. 쓰다 보면 앞으로 어떻게 해야 할지 떠올라요. 과거의 저는 힘들 때 어떻게 견뎠을까요. 문득 안쓰럽고 가엾다는 생각이 들었어요. 글쓰기를 조금 더 일찍 시작했더라면 어땠을까요. 이런 안타까운 마음으로 삶이 힘든 분들에게 글쓰기를 꼭 하라고 말씀드리고 있어요. 예전에는 "마음을 어루만져주는 책을 읽어보세요."라고 말씀드렸다면, 이제는 "지금 드는 생각과 마음을 일단 적어보세요. 그리고 현재의 마음을 달래줄 수 있는 책을 읽어보세요."라고 말씀드리고 싶어요. 그만큼 글쓰기로 인한 치유의 힘은 강력해요.

글쓰기는 간결화 과정이라고 해요. 하지만 처음부터 간결하게 되지는 않아요. 글을 쓰고 다듬고 고치는 과정이 필요하죠. 간결해야 중요한 핵심이 선명해지고, 나에게 정직할 수 있다고 해요. 손화신 작가님은 이 과정을 마트료시카에 비유했어요. 쓸데없는 글을 버리고 버린 끝에 단단한 알맹이가 남는다고 해요. 미니멀리즘과 맥이 닿는다고 생각해요. 내 삶에서도 불필요한 것들을 버리면 오롯이 나만 남아 나에게 집중할 수 있듯이요.

이 책에 "머릿속에서 온갖 감정이 두루뭉술하게 떠다니도록 두지 말고 종이 위에 쓰자. 쓸수록 나는 내 감정의 주인이 되고 또 내가 된다."라는 문장이 나와요. 이 말에 100% 공감했어요. 글쓰기를 시작하기 전에는 몰랐어요. 그저 감정이 흘러가는 대로 두거나 상대방에게 언짢은 감정을 바로 표현했었는데, 이제는 글을 써요. 내가 왜 그런 감정이 들었는지 쓰면서 나의 마음을 먼저 살펴요. 그렇게 감정을 한소끔 가라앉힌 후 차분한 상태로 대응해요.

글쓰기로 마음과 삶을 정리하다 보니, 내가 몰랐던 나의 모습을 점점 알게 되고, 내가 좋아하는 것과 싫어하는 것이 무엇인지 선명해지고 있어요. 전에는 하루에도 몇 번씩 요동치던 감정의 파동이 작아졌어요. 손화신 작가님이 "글쓰기는 처음부터 끝까지 전부 '나'로 출발해 '나'로 돌아오는 여정이다."라고 했어요. 나를 더 알고 싶다면, 더 단단한 내가 되고 싶다면, 지금 당장 글쓰기를 시작해 보세요.

정여울 작가에게 '포기하지 않을 용기'를 준 사람이 편집자였다면, 저에게 '포기하지 않을 용기'를 준 사람은 변은혜 작가님이에요. 한 사람을 성장하도록 변화시키는 것이 쉽지 않은데, 작가님은 저를 키워주고 계세요. 살면서 어린 나이도 아닌 초보 중년의 나를 키워주는 한 사람, 아니 여러 사람이 있다면 세상 살맛 날 것 같아요. 그런 사람이 없다고 느끼신다면 속상해하지 말고, '내'가 그런 사람이 되면 됩니다.

글을 쓰면서 감정이 더 풍부해졌어요. 매일의 날씨와 늘 그 자리에 있는 식물과 물건을 보면서도 글감이 떠올라요. 평범한 것을 길어 올려 의미를 부여했더니 소중한 보석이 돼요.

사람 사는 평범한 얘기가 더이상 평범하지 않고, 그런 이야기에 마음 깊이 공감하며 살고 있어요. 평범한 이야기에 관심을 가지고 글을 쓰면서 다른 사람의 감정을 조금 더 많이 이해하게 된 것 같아요.

글쓰기를 통해 내면의 상처를 치유했다는 사람들이 많아요. 사람은 누구나 저마다의 상처를 지니고 있잖아요. 글쓰기는 내 마음을 돋보기로 들여다보듯 자세히 보고, 왜 그러냐고 나에게 묻고, 왜 그런지 내가 대답하는 과정이에요. 우리는 바쁘다는 핑계로 이 과정을 생략하며 살아가요. 나 자신을 제일 소중하게 여겨야 하는데, 사실은 그렇게 하는 사람이 많지 않은 것 같아요. 저는 이제 막 글을 쓰며 나를 들여다보는 연습을 시작했어요. 사십 년 동안 하지 않았던 것을, 초보 중년이 된 지금에서야. 언제든, 무엇이든 시작하는 것이 중요하고, 늦지 않았다고 생각합니다.

이선미의 글

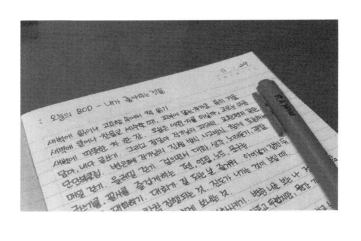

아직 꽃 피기 전

올레길을 걸으며 수많은 새와 식물을 만났어요. 걸으면서 생각했어요. 자연을 구성하는 생물과 비생물은 모두 저마다의 이유가 있어 그 자리에 있는 것이라고요.

바닷가 쪽으로 난 올레길을 걷다 보면 많은 양식장을 볼 수 있어요. 양식장에서 사용한 물은 배수구를 통해 바다로 흘러가요. 그 물속에는 물고기들이 먹고 남은 먹이가 들어있나 봐요. 물이 흘러나오는 곳에 다양한 종류의 새가 수십 마리 모여 있어요. 새는 포식자를 피해서 먹이가 많은 곳을 차지하려고 그 자리에 있는 것 같아요. 올레길의 양옆으로 자리 잡은 식물은 다른 식물과의 경쟁에서 유리한 입지를 차지하고,

영양물질을 마음껏 흡수할 수 있는 토양과 빛을 잘 받을 수 있는 곳에 자리 잡아요.

나는 왜 이 자리에 있을까를 생각해요. 돈, 명예, 아니면 배움의 즐거움? 이 방향이 맞는다고 생각했고 안정된 삶을 이루었다고 생각했는데, 왜 다시 고민하는 걸까요. 진지하게 고민해도 답이 잘 찾아지지 않아요. 다시 삶의 방향과 가치를 찾고 있어요. 어떤 것에 목표를 두느냐, 어떤 것에 가치를 높게 두느냐에 따라 나의 자리가 결정될 것 같아요.

양식장에서 쏟아내는 물을 거슬러 괭이갈매기가 위쪽으로, 더 위쪽으로 올라가려는 모습을 봤어요. 그런데 괭이갈매기 발의 움직임보다 물길이 조금 더 세요. 몇 번을 시도했지만, 끝내 물길을 거슬러 올라가지 못한 괭이갈매기는 하늘로 날아올라요. 날아올랐다가 다시 자기의 자리를 잡아요. 지금 저의 상황이 센 물길을 거슬러 올라가기 위해 힘들게 수면 밑에서 발을 움직이고 있는 괭이갈매기와 비슷한 건 아닐까요. 지금의 상황을 거슬러 하늘로 날아오른 후 다시 저의 자리를 잡아야 하는 것은 아닐지 생각해요.

식물의 삶을 연구하는 식물 생태 분야에서는 식물이 자라는 위치를 연구해요. 흐르는 하천에서 거리가 멀어질수록 흙 속에 있는 수분이 줄어들고, 영양물질의 함량이 달라져요. 만약 어떤 씨앗이 날아와 흙 속에 묻혔다고 해도, 그곳의 토양,

빛, 온도 환경이 적합하지 않다면 싹이 트지 않아요. 산에서 잘 자라는 식물은 바닷가나 하천가에서 잘 살지 못해요. 바닷가에 사는 식물은 하천가나 산에서 잘 살지 못하고요. 하천가에서 잘 사는 식물은 바닷가나 산에서 잘 살지 못해요. 이렇게 식물은 다 각자만의 자리가 있어요. 지금 이 자리는 나의 자리일까요? 나의 자리는 어디일지 생각해 봅니다.

어디선가 씨앗이 날아와 토양에 묻힌 후 싹이 트고 어린나무가 되고, 큰 나무가 되어 꽃을 피우고 열매를 맺어요. 그 열매 속에 있던 씨앗이 다시 땅에 떨어지고, 싹이 트고 자라서 꽃이 피고, 다시 열매를 맺어요. 사람도 마찬가지라고 생각해요. 엄마 뱃속에 품었던 씨앗이 이 세상에 태어났고, 아이가 되고, 소녀가 되고, 어른이 되고, 엄마가 되고, 지금은 초보 중년이 되었어요. 식물의 삶에 비추어보면, 초보 중년은 아직 꽃 피기 전의 꽃봉오리예요. 박석신 작가는 《당신의 이름이 꽃입니다》에서 "사람도 꽃처럼 각자 피는 시기가 다릅니다. 자신의 꽃이 필 때까지 기다리면 됩니다. 더디 피더라도 나의 꽃을 피우기 위해 천천히 발을 내디디면 됩니다."라고 했어요. 제 인생의 꽃도 아직 피지 않았다고 생각해요.

예순이 넘어 그림 그리기를 시작한 화가 모리스 허쉬필드, 75세에 그림 그리기를 시작한 화가 애나 메리 로버트슨, 마흔에 등단한 박완서 작가. 특히 박완서 작가는 다섯 아이를 어느 정도 키우고 나서 등단했어요. 아이가 다섯이면 집안이 조용한 날이 없었을 텐데, 시간과 공간을 내어 글을 썼다는 것이 대단해요. 박완서 작가님도 새벽에 글을 쓰셨다고 해요. 역시 아이가 있으면 낮과 저녁 시간은 활용하기 힘들죠.

지금 제 나이가 박완서 작가님이 글쓰기를 시작한 그즈음이에요. 무엇을 시작해도 늦지 않은 나이. 다른 누군가가 나이가 있어 뭔가를 배우기에 망설여진다고 얘기할 때마다 박완서 작가를 얘기해요. 아직 늦지 않았다고. 100세 시대라고 하니까 급하게 서두를 필요는 없을 것 같아요.

교보문고에서 김미경 강사님의 《마흔 수업》을 소개하는 글을 보면, "통계청에 의하면 1994년의 중위연령은 29세, 2023년의 중위연령은 46세로 30년 만에 17년의 차이가 벌어졌다. 그만큼 인생의 후반전이 길어졌기에 17살을 빼야 감성과 라이프스타일 나이가 현실과 맞아떨어진다."라고 해요. 전체적으로 평균 수명이 늘어나서 중위연령도 늘어났나 봐요. 올해의 중위연령이 46세이니, 저는 아직 중위연령에 도달하지 못했어요. 지금의 나이에서 17년을 빼면 제 라이프스타일 나이는 25살이에요. 생각만 해도 기분이 좋아져요. 지금보다 더 무엇이든 할 수 있다는 생각이 들어서요. 현재의 나이가 아니라 라이프스타일 나이에 맞춰 생활하고 미래를 계획할 필요가 있을 것 같아요.

박노해 시인의 '너의 때가 온다'라는 시를 좋아해요. 아직은 때가 아니지만, 내 안에는 큰 잠재력이 있어 언젠가는 꿈을 이룰 수 있는 때가 올 것이라는 희망을 줘요. 지금은 아직 때가 아닌 것 같아요. 그때를 제때 맞이하기 위해 하루하루 쌓아 올리는 중이에요. 《마흔 수업》에서 "그냥 사는 것과 나를 하나하나 쌓아 올리며 나답게 사는 것은 다르다. 내가 나를 스스로 쌓아 올리지 않으면 남이 나를 쌓아 올리게 된다."라고 했어요. 운동을 해서 건강한 몸으로 책 읽기와 글쓰기를 하며 매일 조금씩 나를 쌓아 올리고 있어요. 책 읽기와 글쓰기는 마음을 단단하게 만들어 주고요. 당장 변화가 없어 보여도 하루하루가 쌓여 미래의 언젠가는 달라진 내가 되지 않을까요. 그때를 기다리며 매일 조금씩 앞으로 나아갑니다.

이선미의 글

너의 때가 온다

박노해

너는 작은 솔씨 하나지만
네 안에는 아름드리 금강송이 들어 있다

너는 작은 도토리알이지만
네 안에는 우람한 참나무가 들어있다

너는 작은 보리 한 줌이지만
네 안에는 푸른 보리밭이 숨쉬고 있다

너는 지금 작지만
너는 이미 크다

너는 지금 모르지만
너의 때가 오고 있다

적용하자,
중년의 룰

그럼요 괜찮아요

'○○살이면 너무 늦지 않았어요?'

이 질문을 나는 중학교 때부터 한 것 같다. 지금 생각해 보니 피식 웃음이 난다. 아무도 내 나이 따위에 관심 없는데, 혼자 괜히 '○○살인데' 하면서 우물쭈물하는 이유가 무엇인지 궁금했다. 인정하기 부끄럽지만, 사실은 "그럼요. 괜찮아요!"라는 말이 듣고 싶은 것 아니었을까? 용기 없음은 사실 내가 몇 살인지와는 아무 상관 없는데 말이다. 사람은 감정의 동물이니까 따뜻함을 느끼고 싶고, 몇 번이고 토닥임을 받고 싶은 것뿐이다. 그래서 스스로 다정한 혼잣말을 한다.

"○○살인데 나 이거 해도 괜찮나요?"

"그럼요. 괜찮아요."

"○○살에 시작해도 되나요?"

"당연하죠. 괜찮아요."

"진짜 ○○살인데 괜찮다고요?"

"진짜 괜찮아요. 이리 와서 해보셔요!"

스스로 따뜻하게 응원해 주고 초대해주는 수밖에. 그 외 다른 좋은 방법을 난 모르겠다.

운 좋은 사람이 되는 법

운이 좋다고 말하는 사람에게는 호감이 간다. 성취를 축하하는 자리에서 자신이 거친 고생길을 구구절절 장황하게 늘어놓는 사람이 있다. 오래전 유행했던 저돌적인 자기 PR 방식이 어쩐지 촌스럽게 느껴진다. 이내 분위기가 쌩해지고 듣는 사람들은 지친다. 김이 모락모락 나는 축하 시루떡을 옮기다 길바닥에 철퍼덕 떨어뜨린 것 같이.

그냥 산뜻하게 "운이 좋았어요."라고 해도 얼마나 열심히 노력했는지 사람들은 안다. 살짝 신비주의 필터를 한 번 씌워서 성공 비결을 궁금하게 하는 편이 좀 더 세련된 요즘 방식인 것 같다. 그럴 때 쓸 수 있는 한마디가 '운이 좋았다.'는 말이 아닐까?

'제가 운이 좋았어요.'라고 말할 수 있는 사람에게서는 좋은 아우라가 느껴진다. 융통성 있는 사람, 따뜻한 사람, 겸손한 사람, 그리고 앞으로 같이 하고픈 사람. 어쩌면 '저는 운이 좋았어요'라고 말함으로써 진짜 '운이 좋은 사람'이 되는 것일지도 모르겠다.

선입견의 역이용, 사는 재미

한 번은 누군가 내게 "○○씨가 우리보다 그렇게 나아요? 우리랑 같이 어울리기 싫어하는 거 같은데…."라고 해서 깜짝 놀란 적이 있다.

사실 내 속은 전혀 반대였다. 그 무리가 텃세를 부려서 내가 낄 수 없었을 뿐이었다. 우습게도 정작 그들은 나를 '사교성 없는 사람'이 아니라 자기들보다 뭔가 '나아 보이는 사람'으로 보고 있었다. 하지만 내 입장에서는 굳이 구구절절 나의

'싹싹하지 못함'을 변명할 필요를 못 느꼈다. 그래서 그냥 '나아 보이는 사람'이라는 선입견을 택했다. 나쁘지 않은 선택이었다.

셀프 이미지와 (내 입장에서는) 억울한 타인의 선입견, 둘 다 주관적인 것이다. 코에 걸면 코걸이, 귀에 걸면 귀걸이라는 소리다. 그러니 선입견에 너무 스트레스 받을 필요 없다. 귀에 걸어 예쁠 것 같으면 귀에 걸면 되고, 코에 걸고 싶으면 코에다가 걸어도 된다. 나 살기 편하게끔만 이용하면 되는 거다. 이런 것이 사는 재미가 되기도 한다.

중년의 똑똑함은
시간을 자기편으로 만든 자들의 몫

40대에 똑똑해졌다고 대학 간판이 바뀌는 것도 아니고, 똑똑해져서 뭐 하냐고 묻고 싶을지도 모르겠다. 그런데 '똑똑하다'는 말은 참 모호하다. 책벌레 스타일, 오타쿠 스타일, 잔머리 스타일, 통찰력 갑 스타일, 사회생활 잘하는 스타일 등 여러 종류의 똑똑함이 있으니까. '똑똑함'의 재정의가 필요하다!

어릴 때야 표준전과, 동아전과 잘 외워서 시험 문제 잘 풀면 똑똑하단 소리를 들었다. 하지만 이건 전능하신 뇌의 기능을 협소하게 암기력으로만 본 경우다. 30~40년 전 뇌과학이 아직 현재만큼 발전하지 못했을 때의 이야기다.

이전부터 난 나이가 들면 사람은 무뎌진다는 말에 동의할 수 없었다. 마찬가지로 이해력과 사고력이 떨어진다는 통념에도 쉽게 고개가 끄덕여지지 않았다. 왜냐하면 한 해 한 해 지날수록 나 스스로는 세상에 대한 이해력이나 추론력이 좋아짐을 느끼기 때문이다.

중년의 똑똑함은 시간을 자기편으로 만든 자들의 몫이다. 꾸준히 매일 무언가를 하는 사람들이 있다. 어찌 저리 칸트처럼 매일 같은 일을 할 수 있는지! 20대 때 나는 젊은이가 갖추지 못한 진득함으로 자신만의 페이스를 찾은 어른들이 대단해 보였다. 오랜 시간 반복으로 다져진 축적의 힘은 확실히 그 나름의 멋이 있다.

루틴으로 짜여진 일상과 자기만의 색깔이 있는 사람, 이런 사람이 나는 똑똑하다고 생각한다.

기회를 찾아다닐 시간에 내공을 쌓는 게 유리하다

무작정 열심히만 한다고 되는 세상이 아니다. 요즘은 전략적으로 움직여야 성과를 낼 수 있다고 한다. 브랜딩이 중요하지만 브랜드 이미지라는 포장지를 벗겼을 때 안에 있는 내용물이 더 중요하다. 겉모습에 홀려 지갑을 열었는데, 안을 보고 돈 아깝다고 생각한 경험이 한 두 번씩은 다 있지 않은가?

대학 졸업 후 갤러리에서 1년간 일했을 때의 이야기다. 데스크에 앉아있으면 주변에 있는 미술대학 학생들이 포트폴리오를 들고 들뜬 모습으로 들어오는 경우가 종종 있었다. 갤러리 소속 아티스트가 되고자 자기 PR을 하러 오는 것이다. 무해한 새싹들의 패기 어린 용기가 가상했지만, 갤러리 관장님은 "지금은 아티스트 로스터가 꽉 찼다."고 그들을 돌려보냈다. 짧고 굵은 거절이었다.

"여기 올 필요 없어. 산골짜기에 파묻혀 그림만 그려도, 작품이 좋으면 다 내가 알아내고 소문 듣고 찾아간다고. 저 학생들 다 헛수고야."

사회에 갓 진출한 어리바리한 그때의 나. 열심히 뭐라도 하면 어찌 될 거라는 생각밖에는 없었다. 그런 나에게 어지간히 강렬한 메시지였던 모양인지, 벌써 16년 전의 일인데도 관장님의 목소리까지 기억날 정도로 이 말이 뇌리에 남아있다.

당시 내가 관찰한 관장님은 자주 새로운 아티스트의 웹사이트를 체크하거나 주변 대학의 작품전시회를 돌아다니셨다. 그렇게 전 세계를 대상으로 개성있는 작품을 하는 작가들을 발굴하러 다니셨다. 하루는 아티스트 로스터에서 작가들의 작업실 주소를 보다 깜짝 놀랐다. 갤러리가 있던 도시에 살고 있는 작가는 한 명도 없었기 때문이었다. 말 그대로 관장님이 발품과 손품을 팔아 전 세계에 숨어있는 '잘 그리는' 작가들을 찾아내셨구나 싶었다.

또 아트페어나 작가님들의 작업실을 가면, 관장님은 가는 곳마다 신기하게도 만나고 싶은 새로운 작가가 있었다. 그때 느꼈다. 무엇을 하기 위해 꼭 어디 특정 유명 도시에 있어야만 하는 것은 아니라는 걸 말이다. 특히 요즘처럼 SNS로 실시간 자신이 갈고 닦은 작품(음악, 미술, 글쓰기 장르 불문)을 전시할 수 있는 시대에는 더욱더 그렇다.

그러니 찾아주는 이 없다고 울지 말자. 그럴 시간에 한 작품 더 만들어 나만의 온라인 공간에 전시하자. 지구상 어디에서든지 누군가는 내가 하는 활동을 지켜보고 응원하고 있다. 또, 아주 가끔은 내가 생각지도 못한 기회를 제안할 타이밍을 재고 있을지도 모른다.

나한테 '왜'라고 질문하지 말아 줄래?
'그냥' 하기의 힘

과거 주변 사람들에게 '왜'라는 질문을 하지 말아 달라고 말한 적이 몇 번 있었다. 내 머릿속에서는 전광석화처럼 아귀가 착착 맞는데, 자꾸 왜 그러냐고 설명하라고 한다. 직관적으로 재밌을 것 같아서 얼른 실행해 보려는데 자꾸 옆에서 "왜, 왜?" 물으면 나만의 리듬이 자꾸 끊긴다. ''그냥' 좀 해보면 안 되겠니? 혼자 움직일 때 더 재미있는 일들이 많이 생긴다고!'

과학이 발전하면서 다들 '왜' 대답에 설명할 줄 아는 것이 인간 문명의 한 단계 발전인 듯 이야기한다. 그러나 요즘 사람들의 '왜' 요청은 너무 멀리 가버린 것 같은 느낌이 들기도 한다.

'난 왜 이럴까?'
'난 왜 지금 배가 고픈 거야'
'난 왜 지금 양치하기가 싫은가?'
'이 사람은 왜 하필 지금 나한테 전화하는가?'

이것 봐라. 끝도 없는 부정 한 스푼에 답 없는 자기 신세 한탄 두 스푼이다. 난 예체능+문과 성향이라 이과인 남편과 늘 '그냥 vs 왜'의 차이를 느끼며 사는데, 내 식대로 '그냥' 받아들이기로 했다. 나는 기본 OS가 '그냥'이고, 남편은 '왜'인 걸로.

우리 인생에는 잘 설명할 수 없는 일이 많고,
또 설명해서는 안 되는 일도 많습니다. 특히
설명함으로써 그 안의 가장 중요한 것을 잃어
버리는 경우에는요.

_무라카미 하루키, 《기사단장 죽이기 2》

조은아의 글

챙겨보자,
중년의 건강

쉬는 것에 죄책감 느끼지 않기

얼마 전 예상치 못한 병한테 한 방 제대로 맞았다. 의사 선생님께 무조건 쉬라는 소리를 들었다! 그런데 다들 안부 인사처럼 하는 '잘 먹고 잘 쉬기'가 생각보다 잘 안된다. 특히 잘 쉬는 것에 대해 나는 아직 마음이 불편하다. 무언가를 하지 않고 덩그러니 쉬는 내가 왠지 뒷방 늙은이가 되어버린 것 같아서다.

여태까지 주변에서 스트레스 관리니, 음식 관리니 아무리

떠들어도 내 이야기는 아니겠거니 했다. 눈에 보이지도 않는 '스트레스 관리' 따위를 핑계로 부지런하지 않을 나를 용납하기 어려웠던 것 같다. 낮에 드러누워 있는 자신을 상상하는 것만으로도 죄책감이 들었으니까. 의사 선생님의 '쉬세요' 소리를 듣고도 이상한 억지를 부리는 나는 대대적인 멘탈 재건축이 필요했다. 다시 한번 같은 병이 온다면 그때는 그냥 한방 맞고 넘어갈 수 없을 거라는 걸 직감했기 때문이다.

일단 죄책감은 내려놓기로 한다. 그저 힘 빼고 좀 쉬어가기로. 낮에 좀 누워 있으면 어떻고, 집에 콕 박혀서 잠수 좀 타면 어때? 누워서 멀뚱멀뚱 있다가 나를 살릴 전략을 짰다. 일단 시간이 잘 갔으면 좋겠고, 미친 듯이 빠져들 수 있는 건강한 무언가가 필요했다.

그리하여 나는 소설책 30권으로 병렬독서를 하며 쉬었다. 복수의 세계관을 탐험하며 상상의 문어발을 뻗치니 시간이 정말 잘 갔다. 그러다 졸리면 드러누워 잤고, 배가 고프면 일어나 건강 식단을 챙겼다. 비건 식단으로 바꾼 지 한 달 만에 체중 5킬로가 빠졌다. 정보가 많아 헷갈렸지만 내게 해당하는 정보를 솎아내면서 내 몸이 처한 상황에 대해 제대로 알게 되었다.

병 덕분에 건강한 생활방식을 익히게 되었다. '죄책감 없는 쉼'은 내가 중년 초입에 얻은 큰 자산이다. 모든 일에는 좋은 면이 있으니까, 그쪽을 보려고 한다.

당신의 두려움을 존중합니다

두려움을 느끼면 그 포인트부터 올스탑 해보는 건 어떨까? 스트레스받지 말고 두려움을 느끼기 시작하는 그 찰나를 포착하자마자 깔끔하게 포기하는 거다. 그게 무엇이든지! 그리고 다른 걸 찾아보는 거다. 내가 숨 쉬듯이, 밥 먹듯이 하는 것을. 너무도 쉽게 여겨져서 남들이 칭찬해도, '이게 그렇게 대단한 일도 아니고' 하며 겸손까지 자동으로 나오는 그런 무언가를.

두려움을 느낀다는 건 설명할 순 없어도 뭔가 나와는 맞지 않는 부분이 있다는 시그널이 아닐까. 두려움을 느끼지 않고도 이미 술술 하는 일이 있는지 살펴보면 어떨까? 남들은 다 힘들어하는데 나한테는 식은 죽 먹기인 그런 것. 나만의 '식은 죽'을 찾는 과정에서 좀 더 나 스스로와 편하게 지낼 수 있게 되길 희망한다.

조금 달리 말하자면, '좋아하는 것'과 '잘하는 것' 중에서 '잘하는 것'에 집중해 보는 것이다. 좋아해서 하고 싶지만 나와 맞지 않는 일을 하려 할 때 대부분 두려움이 생기는 것 같다. 그러나 속단은 금물! 두려우면 가만히 있으라는 이야기가 아니다. 하고 싶은 걸 다 해보는데, 두려움이 너무 심하게 올라올 때는 그 부분을 존중하자는 말이다.

'두려움이 올라와서 그만둔 것들' 리스트에 열 개가 올라왔다면, 그냥 실패나 싫증이 아니라, 열 번 나와 더 맞는 걸 찾기 위한 '노력'으로 바라 보자. 그 목록이 100번까지 다 차는 날, 나는 내 자신을 속속들이 더 잘 알게 될 것이다. 그렇게 생각하는 지금, 불안의 트레이드 마크인 미간의 쌍심지가 스르륵 자취를 감춰버린다.

약간 아쉬울 정도로 한다

속도를 냈다 줄였다, 멈췄다가 다시 열정을 한 방에 불살랐다 하는 것보다, 편안한 속도로 마이웨이 하는 것이 멀미도 안 나고 몸도 편하게 먼 길을 갈 수 있게 해 준다. 글쓰기 연습은 칸트의 산책 시간처럼 매일 같은 시간, 그 시간 동안 쓸 수 있는 만큼만 제 시간에 쓴다. 운동도 약간 적다 싶을 정도의 양을 매일 정해진 시간에 하고, 조금 더 하고 싶을 때 더 하지 않는 것이 그다음 날 꾸준히 계속할 수 있게 하는 원동력이 된다.

'약간 아쉬울 정도로!'

사람과 사람 사이의 거리도, 말수도, 하고 싶은 일에 대한 열정도 살짝 아쉽다는 느낌이 들 때가 인간적이다. 110%보다는 90%로 꾸준히 하는 쪽이 번아웃 예방에도 효과적이다. 정신력이 마모되지 않을 정도의 열정은 대부분 오랫동안 지속 가능하고, 사는 보람을 느끼게 해 준다. 안타깝지만 시대의 흐름을 보면 완벽을 추구하는 걸로는 AI를 이길 수 없다. 그래서 인간적인 중년이 되고 싶은 나는 살짝 아쉬운 그 모든 것들을 사랑한다.

적정거리 유지

'누군가를 걱정한다는 것은 자기 자신의 문제'라는 말을 들었다. 내 불안을 스스로 해소하지 못해서 타인에게 투사하는 거라고. 그 타인이 누구든 미안해야 한다고 했다. 남을 위하는 척하며 들들 볶을 게 아니라, 왜 그 사람이 걱정되는지 자기 내면을 위주로 살펴봐야 한다고. 아프다! 내 아픈 부분을 봐야 하는 건 너무 괴롭고, 그럴 때 제일 쉬운 게 넌지시 주의를 타인에게 돌리는 거다. '네가 걱정되어서…'라는 말로 운을 떼면서.

오래전 누군가가 '내가 걱정되어서' 저지른 만행(?)을 떠올려본다. 그 당시에 나는 다시는 그 사람에게 걱정이 될 만

한 이야기를 하지 말아야겠다고 다짐했었는데, 지금 생각하면 순진한 생각이었다. 내가 어떻게 한다고 해서 그 사람의 걱정이 없어질 일은 없었다. 왜냐하면 그 사람은 모든 사람을 걱정하는 골치 아픈 타입으로, 있는 그대로의 자신을 받아들이기 힘든 사람이었다는 걸 한참 후에야 알게 되었기 때문이다.

그때 말수를 줄여 사생활 정보를 차단했던 것은 지금 생각해 보면 '거리두기'의 시도였다. 몇 년이 지난 지금 돌아보면서도 그건 역시 잘한 일이라고 생각한다. 적당한 거리두기는 중년에 찾아오는 노안과 환상의 콤비를 이룬다. 시시콜콜한 것들 따위 멀찍이 거리를 두고 안 보면 대부분의 걱정은 사라지게 마련이다.

조은아의 글

찾아보자,
중년의 콘텐츠

콘텐츠란 관심사다. 흥미를 갖고 많은 시간을 할애하는 취미가 있다면, 거기서 한 발짝만 더 깊게 들어가 보는 것. 그것이 당신만의 콘텐츠다. 중년은 각자의 취향이 더욱 확고해지는 시기다. 20~30대 때처럼 유행 타는 취미나 콘텐츠를 무작정 따라가지 않는다. 자신의 관심사를 잘 들여다보고 거기서 나만의 콘텐츠를 길어 올릴 수 있다면, 중년의 일상은 더욱 즐거워진다. 초보 중년인 나의 관심사 몇 개를 소개해 볼까 한다.

소설 읽기 : 나는야 이야기 컬렉터

나는 재미있는 이야기, 기묘한 이야기, 안타까운 이야기, 세월의 덧없음을 일깨워주는 이야기, 사회의 부조리를 은근히 빗댄 이야기를 좋아한다. 소설은 때때로 이야기 이상을 선물한다. 어떤 소설은 내게 희망을 주는 자기계발서가 되고, 심오한 질문을 남겨 철학을 하게 만든다. 기묘한 이야기는, 읽을 때면 시간이 어찌나 빨리 가는지, 유사 타임 슬립의 경험을 선사한다. 그리고 더울 때 읽는 기담 소설은 에어컨을 틀지 않아도 오싹하므로, 전기세도 아껴준다. 좋아하는 소설책 몇 가지를 소개한다.

지난 3년 올타임 베스트: 디노 부차티 《타타르인의 사막》

꿈꾼다는 것의 허망함과 시간의 속절없음을 알려주는 기이한 이야기. 처음부터 끝까지 내 취향인 요소들의 집합체인 소설이었다.

좋은 소설은 읽을 때마다 다른 울림을 주는데, 이 소설이 좋은 예시다. 처음 읽었을 때는 먼 미래에 영웅이 되는 막연한 꿈을 꾸기보다는, 지금 내게 던져진 선택을 게을리하지 말아야겠다고 생각했다. 타성에 젖어 몇 해씩 낭비해 버리고 나중에 후회하는 그런 인생을 살지 말아야겠다고.

다시 읽었을 때는 주인공 이외의 다른 캐릭터들의 인생을 더욱 면밀히 음미할 수 있었는데, 인생이 원하는 대로 다 풀리는 사람은 없나 싶었다. 불완전함을 알면서도 어쨌든 우리는 각자의 인생을 살아내야만 한다. 모두에게 공평하게 죽음은 찾아올 테니, 특별한 훈장 따위 없이 살아내는 것만으로도 삶이라는 전투에서 승리하는 것. 모두에게 주어진 '시간의 가차 없음'이 진지하게 내 머리를 눌렀다. 그 무게감을 떠올릴 때마다 특별한 것 없는 일상이 조금은 더 반짝반짝해진 듯하다.

지난 3개월 마음에 제일 큰 여운을 남긴 소설: 양귀자 《모순》

확실히 여성의 내면은 여성 작가들이 쓴 소설이 더 탁월하다. 아무래도 남성 작가들은 여성의 내면을 정확히 알 수 없을 테다. 그래서 남성 작가가 쓴 명작이라 일컫는 소설 속에서 여성 캐릭터가 사이드 캐릭터로 소비되거나 전형적인 요부, 모성애 캐릭터로 쉽게 그려지고 마는 게 아쉽다. 하지만 나도 내가 여자인 이상 남자들의 속은 짐작밖에 할 수 없으므로 그러려니 한다.

소설 속에서 제일 유명한 인용구는 바로 다음 문장일 것이다. "인생은 탐구하면서 살아가는 것이 아니라, 살아가면서 탐구하는 것이다. 실수는 되풀이된다. 그것이 인생이다." 어떤 선택을 해도 삶의 모순이 없어지지는 않는다. 내가 가지 않았던 다른 길을 동경하는 것도 당연하니 혼란스러워할 필요 없다고 작가는 주인공 안진진의 마지막 선택을 통해 심오한 메시지를 던진다.

베르나르 베르베르 《고양이》

베르나르 베르베르의 소설 쓰기 강의를 듣다가 읽기 시작한 그의 첫 번째 소설이다. 그의 소설은 마치 눈앞에 영상이 펼쳐지듯 스르륵 잘 읽힌다. 작가가 아주 어릴 때부터 소설을 썼다고 하는데, 숨 쉬듯이 유연한 이야기 스토리 전개에 감탄했다. 호모 사피엔스의 관점으로만 생각하던 나에게 '고양이가 보는 세상'은 참신하고 귀여웠다. 동시에 내 사고력과 관점이 정말 얕다는 생각이 같이 몰려와 (좋은 의미로) 충격적이기도 했다. '제3의 눈'을 선물 받은 느낌이라고나 할까.

카키야 미우

또 한 명의 여성 소설가 중에 현대 사회 문제와 결부시켜 살아 숨 쉬는 여성 캐릭터를 보여주는 카키야 미우가 있다. 《70세, 사망법안 가결》, 《후회 병동》, 《당신의 살을 빼 드립니다》, 《결혼 상대는 추첨으로》, 《당신의 마음을 정리해 드립니다》를 최근에 읽었다. 일단 빨리 읽히고, 현실적인 전개 속에 펼쳐지는 여성들의 내적 심경을 잘 잡아내는 것 때문에 읽는 맛이 엄청난 소설들이다. 책을 펼쳤는데 TV 드라마 한 편을 본 것 같았다. 앞으로 작품을 많이 써주셨으면 하는 작가다.

나에게 소설은 역시 '몰입, 가독성, 현실성 있게 와닿는 스토리', 이 세 가지가 제일 중요하다. 250페이지 안팎으로 하루 이틀 정도 푹 빠질 수 있는 세계가 펼쳐져 있는, 내가 해봤음 직한 고뇌를 가진 캐릭터가 나오는 소설이 내 취향이다.

매일 글쓰기

글쓰기 할 때 내가 할 수 있는 건 매일 아무거라도 쓰는 것이다. 한마디로 꾸준한 노력. 통제할 수 없는 건 그날 쓴 결과물의 퀄리티다. 흔히들 내가 어찌할 수 없는 부분은 내려놓으라고 한다. 글쓰기에도 똑같이 적용할 수 있다.

하지만 매일 쓰는 게 말처럼 쉽던가? 그래서 온라인 글쓰기 모임에 들어갔다. 비장하게 환경설정을 한 것이다. 물론 처음에는 누군가 볼 글을 매일 써야 한다는 게 큰 압박감을 주었다. 그래서 처음에는 기대치를 낮게 잡았다. 50%만 달성해도 충분하다고 스스로 되뇌었다. 글쓰기 모임을 하지 않았다면 아무것도 쓰지 않았을 테니 0%였겠지. 몇 개의 글이라도 모임을 한 덕분에 완성할 수 있었으니 '그것만으로도 어디야'라고 생각했다.

꾸준함을 유지하니, 점점 쓰기의 시작이 쉬워졌다. 처음엔 첫 문장을 쓸 때 30분씩 걸렸다. 그런데 매일 글쓰기 습관이 자리 잡자, 아무거나 마구 써 내려간 다음에 첫 문장을 고를 수 있다는 걸 알게 되었다.

제일 골칫거리였던 시작이 쉬워지자, 선순환이 일어났다. 같은 양을 쓰는 데 드는 시간도 줄어들었다. 역시 글쓰기는 '질보다 양'이다. 조각상을 깎는 것처럼, 일단 써 놓은 것이 많으면 장황한 부분을 깎아내고 탄탄한 글로 완성하기 쉽다. 반대로 써놓은 글이 많이 없고 길이도 짧을 때는 살을 붙여 풍성하게 만들기가 어려웠다.

온라인 글쓰기 모임에서 매일 꾸준히 쓰며 그것을 블로그에 모아놓고 나중에 다시 읽어본다. 이전에 비해 머릿속에 있던 걸 훨씬 상세하고 알기 쉽게 글로 적을 수 있게 되었다. 글 쓰기는 뇌내수공업이다. 뇌는 쓸수록 능력치가 올라간다는 말을 굳게 믿는다. 그래서 매일매일 머리를 짜내어 손으로 타이핑한다. 그렇게 나만의 콘텐츠를 쌓아간다.

북클럽 애호가

나는 오프라인 모임을 좋아하지 않는다. 그런데 단 하나의 예외가 있으니, 그것이 바로 '같은 책을 읽는 사람들과의 만남'이다.

북클럽이 왜 좋냐고? 일단, 함께 읽으면 완독할 확률이 높아진다. 혼자 읽다 그만둔 벽돌 책이나 1000 페이지 넘는 러시아 소설도 함께 읽으면 내가 놓친 부분을 다른 멤버들이 짚어줄 수 있다. 그래서 마지막 페이지를 덮고 나서, '여태껏 나 뭘 읽은 거지?'하는 느낌이 줄어든다. 더 깊게 이해할 수 있기 때문에, 내용도 더 오래 기억할 수 있게 된다.

또, 북클럽 멤버들과는 선을 지키는 좋은 우정이 가능해진다. 책 속에서 공감 가는 부분이 조금씩 다른 이유는 각자 살아온 궤적이 다르기 때문일 것이다. 그래서 책의 내용과 연결되는 선에서 멤버들이 자신의 이야기를 털어놓을 때가 많다. 그럴 때 그들의 개성과 지금까지 쌓아온 역사를 존경하게 된다. 북클럽을 통해 알게 된 멤버들과 가볍지 않은 우정이 나에게는 살아가는 데 큰 힘이 된다.

지난 4년간 여러 가지 형태의 북클럽에 참가해 왔다. 옆집 이웃이 마련한 부부 동반 북클럽, 동네 친구 3명이 도서관에서 격주로 만나는 격식 없는 북클럽, 세 명이 《파친코》 한 권만 읽고 해산한 북클럽, 낭독 북클럽, 한 작가 소설만 읽는 카톡 북클럽 등등. 북클럽마다 성격이 다 달랐다.

굳이 공통점을 찾자면, 나는 캐쥬얼한 분위기의 북클럽을 좋아한다. 사교모임과 진지한 수업 그사이 어디쯤의 분위기가 편하다. 집순이 성향이 짙은 나는 요즘 온라인 북클럽에 맛을 들였다. 줌 북클럽, 카톡 북클럽으로 전국 각지 심지어 해외에 있는 분들과도 북클럽을 결성할 수 있다. 내향적인 나 같은 사람은 정말 시대를 잘 타고났다는 생각이 든다.

그러나 뭐니 뭐니 해도 중년 북클럽의 특장점은 모임 후 집에 돌아가서 '이 이야기 괜히 했나' 하는 생각이 덜 든다는 점이다. 커피 한 잔만 덩그러니 주어진 시간에는 나중에 이불킥을 유발할 만한 사적인 이야기를 자꾸 하게 된다. 그럴 때 다 같이 읽은 책이 있으면, 잠깐 대화가 샛길로 빠지더라도 다시 돌아올 베이스캠프가 있으므로 안전하다. 확실히 '그냥 차 한 잔 수다 모임'보다 '북클럽' 후 이불킥 횟수가 적다. 그래서 나는 북클럽이 좋다. 북클럽이 선사하는 건강한 일상과 그로 인해 누리는 평화로움을 아낀다.

조은아의 글

다져보자,
중년의 맷집

실패의 아름다움

탄탄대로 같은 인생을 꿈꾸곤 했다. 무엇이든 원하는 대로 되는 초대박 성공 인생! 세상의 온갖 기대를 한 몸에 받으며, 한 번에 최단 거리를 일직선으로 쭉! 그러나 그 탄탄대로는 아름다운가?

살면서 다들 크고 작은 실패를 맛본다. 역설적으로 인생에 큰 기대를 하지 않을 때, 실패가 주는 굴곡의 아름다움을 느끼곤 한다. 넘어졌을 때도 오히려 웃음을 짓는다. 드라마 NG

모음을 보면서 박장대소를 하는 것처럼.

실패해 본 적이 있는 사람이 좋다. 아마도 그 사람은 타인의 실패에 대해 꼬치꼬치 묻지 않을 것이다. 그저 따뜻한 눈동자로 별일 아니라고 말해 줄 것이다. 푹신한 담요같은 위로는 힘이 된다.

사람을 사람답게 만들어주는 실패가 그렇게 싫지 않다. 중년을 지나가는 동안에 실패는 근사한 나이테를 선물로 준다. 나중에 돌아보며 이야기할 거리로는 사실 실패담이 성공담보다 더 재밌다. 남겨준 에피소드 덕분에 허심탄회하게 웃을 수도 있고 말이다. 실패에는 그래서 분명 아름다운 부분이 있다. 아름다운 걸 즐길 수 있다면 내게는 그것이야말로 인생성공이다.

균형과 불균형의 사이, 그 어딘가에서

완벽히 균형있는 삶이란 살아 있는 동안은 불가능하다. 하지만 시도는 해 볼 수 있다. 불균형이 심해질 때 균형을 잡으려는 시도가 삶을 보람 있게 만든다. 불균형이 불편하다면 적당히 조절해서 덜해지게 하면 된다.

그러나 완벽한 균형상태를 향한 집착은 오히려 나를 지치게 한다. 완벽에 가까운 균형 잡힌 삶은 안정감과 평화로운 일상을 가능케 한다. 그러나 그 때 찾아오는 무료함은 새로운 관심사를 찾고 싶은 깊은 충동을 부른다.

어쩔 수 없다. 균형과 불균형 사이를 왔다 갔다 하는 것이 인생살이임을 인정하는 수밖에. 중년 시절은 '균형과 불균형'이라는 두 공을 저글링하는 기술을 연마하라고 주어진 시간은 아닐까?

'질보다 양'으로
전략을 바꿨습니다

40대, 뭔가를 하기에 너무 이르다는 말을 더 이상 할 수 없다! 아무리 양보해도 나는 중년의 시작점에 있다는 걸 부인할 수 없다!

발명왕 에디슨은 3,500권의 아이디어 노트를 남겼다고 한다. 우리가 다 아는 몇 개의 성과 아래에 거대한 실패의 산이 우뚝 솟아있었던 거다. 늘 '양보다 질'을 외치며 조금은 안일했던 나의 입안이 씁쓸해진다.

중년에는 '질보단 양'이라는 모토가 더 맞을지 모르겠다. 계속해서 잽을 날리는 꾸준함으로 든든한 맷집을 키워야겠다고 다짐한다. 내가 에디슨처럼 노트 3,500권만큼 글을 쓸 수 있다면? 그 과정에서 난 이미 충분한 보상을 받았다고 느낄 것 같다. 게다가 '실패의 산'을 높이 올린다고 생각하면, 부담 없이 삽질할 수 있을 것 같다.

"알겠습니다. 어찌저찌 시작은 했는데, 사람들의 평가가 두려운 건 어쩌죠?"

시작이 힘든 것도 평가가 두려운 것도 내 안에 조용히 똬리를 틀고 앉아있는 완벽주의가 이유일지도 모른다. '평가와 시선', 즉 '욕먹는 것'에 그러려니 하는 맷집을 기르는 것은 중년에 꼭 획득해야 할 삶의 지혜다. 꿈같은 완벽주의는 40대 이전에 반드시 끝내야만 한다. 아주 징한 녀석이니 말이다.

작가 무라카미 하루키도 그의 책 《직업으로서의 소설가》에서 뭘 어떻게 쓰던지 사람들은 욕할 테니, 그냥 쓰고 싶은 거 쓰라고 했다. 정말 위로가 되는 한마디다. 그래도 두렵다면 아는 사람한테 말하지 않는 것도 한 가지 방법이다. 시작은 깃털처럼 가볍게! 소리소문없이 해보는 거다. 하면서 고쳐보고, 전혀 모르는 타인의 피드백을 받는 떨림도 느껴보자. 상황이 판을 깔아주면, 못 이기는 척 슬쩍 그 파도에 몸을 맡겨 보는 거다. 그렇지 않으면 늘 부두에 정박해 있는 한 척의 배처럼, 우리는 인생을 원하는 대로 항해할 수 없을 것이다.

늘 해보고 싶었던 일이 있는가? 바로 지금이다! 지금 안 하면 같은 고민을 아마도 10년 후에 똑같이 하고 있을 것이다. 중년의 꿈은 어릴 때와 달라서 못 본 체한다고 사라지지 않는다. 노년에 결국 발레를 배우러 간 드라마 '나빌레라'의 일흔 살 심덕출 할아버지처럼, 하지 않으면 계속 머릿속 버킷리스트의 한 칸을 차지하고 있을 뿐이다. 그러니 무언가 하고 싶은데 때를 보고 있다면 타이밍은 지금이다. 중년의 나는 '꾸준히 많이 하다 보면 그중에 하나는 얻어걸리게 되어 있다.'는 말을 굳게 믿는다.

조은아의 글

다짐한다,
초보 중년인 나에게

고약한 할머니와
베스트 프렌드가 될 수 없다

심성이 고약한 할머니가 되지 말자고 늘 다짐한다. 자기 자신과 친구가 될 수 있냐 없냐는 노후 생활의 질에 크게 영향을 미친다고 하는데, 나는 고약한 할머니와는 베스트 프렌드가 되고 싶지 않다. 중년에 어떤 인생 파도를 타느냐에 따라 노년에 만날 베스트 프렌드인 나 자신의 무늬와 결이 형성된다고 믿는다.

그저 소파에 주저앉아 일상다반사를 부정적인 마음으로 곱씹는다면 나는 스크루지 같은 사람이 되겠지? 아, 정말이지 그것만큼은 피하고 싶다. 스크루지와 정반대인 잔잔하고 유쾌한 노인이 되고 싶다!

누군가가 나에게 의지처가 있느냐고 물었다. 나는 '정신이 멀쩡한 나 자신'이라고 답했다. 나 자신과 타인, 그리고 주변 상황을 긍정적이고 따스하게 돌볼 수 있는 내가 되고 싶다.

어른스러운
어른이 되고 싶다

당신을 잘못된 방향으로 이끌었다고 부모를 탓하는데도 유효기간이 있다. 당신이 손수 핸들을 잡을 만큼 충분히 자라면 그 책임은 당신에게로 옮겨온다.   _조앤 K 롤링

환경 탓과 부모의 육아 스타일을 마흔이 넘은 나이에 아직도 들먹거린다면 그게 누구든지 사람들은 그를 미성숙한 인간으로 볼 것이다. 이제 철이 들 때도 되었다.

'철드는 것'은 우리에게 꽤 중요한 화두다. 별거 아닌 것 같지만, 철이 든다는 건 모두의 마음에 평화를 주기 때문이

다.

아마도 당신은 중년에 진입하는 지금까지도 상상 속에서는 우주 최고의 존재를 꿈꾸고 있을지도 모르겠다. 전설적인 시험 1등 합격, 인터뷰 기사가 신문에 대서특필 될 정도의 인지도, 최고의 엄마, No.1 실적 달성, 베스트셀러 작가 등등. 뭐든지 상상의 나래를 펴는 데에는 죄가 없다.

그런데, 일상생활이 힘들 만큼 '상상 속의 나'와 '현실의 나'의 간극이 크다면? 꿈속의 나와 사랑에 빠져버려서, 99.9% 시간을 보내야 할 현실의 나로 돌아오기 싫다면? 더구나 나를 있는 그대로 보기 힘들고, 무엇을 더 해도 '상상 속의 내'가 못 될 것 같아 스스로가 밉다면? 괴로워져서 마침내 주위에 누구 덤터기 씌울 사람을 몰래 찾고 있다면, 이미 중증이다. 얼른 빠져나오자! 남 탓의 늪에서!

생각을 조금 달리해보면 어떨까? 나이가 들며 삶의 가능성이 줄어든다는 점에서 쓸쓸하다고 말하는 경우를 간혹 본다. 하지만 반대로 나는 가능성이 어느 정도 줄어든 지금의 상태를 다행으로 여긴다. 앞으로 내가 할 선택들이 '가능성을 현실로' 만들어줄 생각을 하면 마음이 웅장해진다.

나이 든 사람의 어른스러움은 '과거의 가능성'이었던 '현재의 결과'를 받아들이고 만족할 줄 아는 것에 있다. 설령 내가 꿈꾼 것만큼 이루지 못했다 하더라도, 이룬 만큼의 성과를 축하해 주는 사람은 근사해 보인다. 스스로 만족해야 타인의 성과도 진정으로 축하해 줄 수 있다.

만일 진짜로 내 꿈이 이뤄지지 않은 게 남 탓이라면, 그 관계는 그만두는 게 맞다. 하지만 이제는 어른이 되었다면, 내 불안함과 못남을 타인에게 전가하는 '어린애 짓'은 그만두자. 지금까지 스스로 빚어온 삶을 긍정하고 자기만의 색깔을 가다듬는 한 명의 멋진 어른이 되자고 가끔 잠들기 전 자신에게 당부한다.

초보 중년,
다시 들여다보는 내 이름 석 자

내 이름은 아빠가 지으셨다. '좋은 아이'가 되라고 조은아. 한문도 없고 한글 이름으로 성만 한자가 있다. 학교 다닐 때, 선생님들에게 이름이 '은아'인데 순한글 이름이라니, 자기 이름 석 자도 한자를 못 외워서 거짓말하는 줄로 오해받은 적도 종종 있었다.

나는 내 이름이 싫지 않다. 울림도 나쁘지 않고, 그럭저럭 (글자 그대로) 좋은 의미에, '아' 자는 아기, 아이, 아가씨, 아줌마로 변주될 수 있으니까 말이다. 이름 안에서 갈 수 있는 건 '아줌마'까지다. '할'머니까지 가려면 조은'할'이어야 하니까. 아무리 나이가 많아도 아줌마까지라면 나쁘지 않은 것 같다.

불리는 대로 살아지는 게 인생이라면, 나는 '좋은' 인생을 살았는가? 이 질문에 대해서는 여러 가지 생각이 든다. 나는 어릴 적 모범생 타입이었다. 튀지 않고 딱 규격, 스탠더드 그만큼의 느낌! 그게 누군가의 사랑과 인정을 받기 위해서는 아니었다. 태생적으로 그냥 그랬다.

잔머리를 굴리다 혼나거나, 이게 다 재미라고 하며 욜로라이프를 사는 주변인들을 보면, 왜 저럴까 싶어 내적 불안감이 높아지는 나를 발견하곤 했다. 나는 유전자에 기록된 대로라면 전형적인 안정 지향 주의자라고 할 수 있겠다.

좋다는 것, '딱 좋다'라는 건 대박을 의미하진 않는다. 내 마음속에 '좋은'이란 건 '중용'에 가깝다. 하지만 20~30대의 나는 중용 따위는 시시했고, 조용히 대박 신화를 원했다. 결과만 좋다면 요 며칠 몇 달 몇 년은 좀 희생해도 괜찮다는, 소위 정신력으로 근 20년을 살았다.

성격과 맞지 않게 살았던 20년을 짧게 요약하자면, 대박은 없었다. 하지만 나쁘진 않았다. 그래서 나는 내 이름이 나와 찰떡궁합이라고 느낀다. 사실 내 천성에 잘 맞는 이름을 붙인 것인지, 아니면 그 이름에 맞게끔 내가 살아온 건지 모르겠다. 하지만 '중용의 미덕'을 추구하는 인생이 나에게 주어진 인생이 아닐까 하는 생각을 마흔을 넘기며 하게 되었다.

바야흐로 인생에 가을이 오고야 말았다! 한 번뿐인 중년 시절의 아름다움을 마음속 깊이 느껴보고 싶다. 생각이 깊어지는 날에는 어떻게 사는 것이 '딱 좋은' 걸까 하고 스스로 조용히 묻는다. 지나침과 모자람의 두 극단을 원숙함의 촉으로 잘 감지하고, '중간'을 목표로 살아보면 어떨지 다짐한다. 내가 받은 '중용의 삶을 사는 사람' 역의 대본을 기쁘게 받아들이면서.

조은아의 글

책 쓰기에 대한
나의 자세

독서 커뮤니티 분들과 책을 쓰기로 한 내 마음은 '일단 해보자'라는 것이었다. 나는 내 안의 기발한 뭔가가 떠오르길 바랐다. 하지만 그러한 것은 없었고, 그 사이 책 쓰기에 대한 마음은 다소 빛이 바래는 지경까지 쭉 미끄러졌다.

나는 무작정 아침 산책을 시작했다. 계획했던 것은 아니었다. 머리가 먼저였는지 몸이 먼저였는지 모르겠지만 그렇게 돌연 나는 아침에 걷는 자가 되었다.

실로 대단치 않은 외출이었다. 부스스 일어나 30분간 짧은 독서를 하고 바깥이 어슴푸레 밝아올 때쯤 잠옷 위에 바지와 롱패딩을 걸친 후 추적추적 탄천 길을 내려갔다. 덜 깬 눈으로 물줄기를 바라보고 새소리가 들리면 하늘을 올려보았다. 그렇게 시선이, 소리가 이끄는 대로 가고, 보고, 터벅터벅 집을 찾아 돌아왔다. 그 행위만으로 유레카가 외쳐지지는 않았지만 뭐랄까, 내 안의 찌든 때가 조금씩 벗겨지는 듯한 느낌이 들었다. 그것은 피곤, 마음의 늙음, 약간의 분노와 지긋지긋한 자기 불신 같은 것이었다. 나는 내 안이 말갛게 되길 희망했다. 그리고 그 안을 평온이라는 단어로 채우고 싶었다. 내 안의 진짜가 나오기 위해서는 안정적인 온기가 필요했다.

글을 쓰기 위해 나를 똑바로 바라봐야 했다. 나는 스스로가 지금 무엇에 주목하고 있는지 궁금했고, 그것이 무엇이든 간에 온전히 집중하고 있는 나이길 바랐다. 과거가 아닌 현재의 나 자신을 주목할 수 있는 글쓰기를 하길 바랐다. 내 무대의 연출자로서 깨인 눈으로 자신을 담아내기를, 그리고 관객이자 독자로서 그것을 흐뭇하게 바라볼 수 있기를 갈망하고 또 갈망했다. 그래서 나에게는 이 기간에 흰 종이에 새로 쓴 새 글이 필요했다.

그렇게 자신을 온전히 바라보고 일직선으로 쭉 나가는 글을 쓰고 싶었지만 나를 흔들며 거칠게 끌어내리는 것이 있었다. 엄마로서의 자아였다. 엄마로서 부족함이 느껴질 때마다 나는 주저앉았다. '엄마도 엄마가 처음이라서'라는 말이 위로가 되긴 했지만, 나는 종종 육아가 나의 자리가 아닐지도 모른다고 생각했다. 괜찮지 않은데 괜찮다고 남과 자신에게 말했다. 엄마나 시어머니를 보면 엄마라는 자리는 평생 끝날 것 같지 않은데 이 또한 지나가고 나아진다는 말이 아리송했고, 그 말을 믿을 수밖에 없는 막연함이 답답하고 때로는 지긋지긋했다.

아이에 대한 실망과 분노가 엄마로서의 반성과 죄책감으로 이어지며 자존감이 급락했다. 결국에는 너덜너덜해진 스스로를 주워 담는 프로세스의 무한 반복. 책을 쓰기로 결단했다고 해서 그러한 마음이 깨끗이 정리될 리 없었고, 그럴 바에나, 에라, 그럼 내 마음을 제대로 물고 늘어져 볼까? 싶었다. 구체적인 감각을 되살리고 싶었다. 그래서 오랫동안 눈여겨보았던 이 책을 하필 지금, 혹은 완벽한 타이밍에 읽었다. 바로《엄마됨을 후회함》이라는 책이었다.

후회와 회피는 삶의 모든 분야에서 나타날 수 있는 감정이다. 수많은 크고 작은 결정에 우리는 후회한다. 그런데 엄마됨에 대한 후회는 '절대 허용되지 않는 것'으로 간주한다. 엄마가 되기로 한 결정은 불행하다고 느껴서도, 표현해서도 안 된다. 사회는 이야기한다. 엄마가 되지 않으면 후회할 거라고. 그리고 일단 엄마가 되면 이야기한다. 엄마가 된 이상 절대 후회의 감정으로 뒤돌아보면 안 된다고. 오직 "엄마라서 참 좋아요"만 허용된다고. 좋은 엄마. 참된 엄마.

_오나 도니스《엄마됨을 후회함》

대체 왜?

왜 안 되는데?

그건 누가 정했는데?

후회한다는 것이 엄마이기를 포기한다는 말이 아닌데?

책의 질문을 따라가 보았다.

"자녀에 대한 지금의 지식과 경험을 가진 상태에서 과거로 돌아간다면 또다시 엄마가 될 뜻이 있습니까? 아이를 가질 뜻이 있습니까?"

- ...아니요.

"엄마로서의 삶에도 장점이 있다고 생각합니까?"

- 음… 네!

"장점이 단점보다 월등하게 많다고 생각합니까?"

- 아-아-니-오.

역시 그랬군.

나는 17년 전을 떠올려보았다. 야근이 일상적이었던 시기, 나에게 출산과 육아는 낯선 영역이었다. 갑작스레 생긴 내 안의 생명체에 어리둥절해하는 사이, 8주 후 돌연 그 존재와 작별해야 했다. 죄책감과 두려움이 휘몰아쳤다. 내가 귀중하게 여기지 않아서 유산으로 이어진 것 같았고, 생명이 다시 찾아올까 두려웠다. 마치 수년간 아기를 기다려온 사람처럼 나는 조급해졌다. 진정으로 엄마가 되길 원하는지 스스로 묻지 않았다. 엄마가 된다는 것의 현실적 의미에 대해 알지 못했고, 나의 결정이 실은 사회의 규범이나 권력에 영향을 받은 것은 아니었는지에 대한 생각은 감히 하지 못했다. 내 나이 서른이었고, 이쯤에서 아이를 가져야 할 것 같았다. 분명 어른의 결정이었는데 나는 여전히 미성숙한 아이였다. 책에서는 '제도화된 의지'라고 표현한다.

이 책에서는 엄마들의 내면세계를 일반화하려는 시도를 하지 않는다. 엄마됨을 후회하라고 부추기는 책이 아님도 밝힌다. 저자는 침묵하지 않는 것에 대해 말할 뿐이다. 내 목소리를 내는 것에 대해 말이다. 우리가 갖고 있는 관념에 다른 생각이 들어오게 하는 것.

> "행간에서 여성들이 자신을 재발견할지는 여성들 스스로의 몫으로 남겨둔다."

그래서 나는 꾹꾹 눌러써 본다.

나는
엄마가 된 것을 꽤 후회한다.
엄마로서 긍정적 존재감을 찾기 어렵다.
그러나 문제는 나에게 있는 것이 아니다.
다급하게 엄마가 되겠다는 서툰 결정에 있었다.
그러니 나는 과거의 나를 비난하지 않겠다.
과거의 나를 놓아주겠다.

그런데 나는 엄마가 되었다. 그렇다면 나는 어떻게 해야 할까.

이러한 내 느낌을 직면하자.

부정적인 생각과 감정을 표현하자.

그럼으로써 후회하는 것에 대한 죄책감을 더 이상 반복하지 말자.

엄마의 역할에 서툰 스스로를 더는 할퀴지 말자.

엄마라는 하나의 자아에 매몰되지 않겠다.

끌려다니도록 나를 내버려두지 않겠다.

엄마가 됨으로서 언젠가는 모든 것이 나아질 것이고 결국에는 행복해질 거라는 신화적 상상에 취해있지 않겠다.

좋은 엄마를 강요하며 언제든지 비판의 칼을 들이대는 사회에, 당신에게, 필요하다면 용기 내어 말하겠다. 무심코 고개를 끄덕이지 않겠다.

엄마들을 타인에게 봉사하는 객체로 여기지 않겠다. 나의 엄마, 나의 시어머니에 대해서도. 엄마들을 서투르게 위로하거나 화제를 바꾸거나, 아이가 금방 클 거라던가, 그 아이가 커서 효도할 수도 있지 않겠냐는 헛소리를 하지 않겠다. 차라리 내가 도울 부분을 돕거나, 술을 한 잔 더 사겠다. (미안해요, 아이 셋 맘 J 언니)

부모의 잘한 행동뿐만 아니라, 부모의 오류와 실패를 되풀이하지 않도록 자식을 이끌어 주는 것. 무조건 엄마가 되는 일직선에서 벗어나 다양한 길을 열어주는 것. 내 육체와 인생을 결정할 수 있는 선택 가능성을 갖도록 격려하는 것.

　　나는 과거의 미숙했던 결정에 대해 언젠가 내 아이들에게 솔직하게 이야기해 줄 것이다. 아이를 낳지 않으면 남들과 다르게 보일까 봐 출산이라는 시스템을 따랐던 것. 그러나 엄마로서의 결정과 소중한 너희의 존재는 별개라는 것. 성인이 되면 직면하는 많은 것에 대해, 그것이 무엇이든 온전히 자신에게 먼저 물으라고 이야기해 줄 것이다.

　　책을 덮고 나는 엄마, 다음으로 시어머니, 이후에는 할머니가 된 나를 상상해 보았다. 어느덧 고등학생 자녀의 엄마가 된 것처럼 앞으로 나에게는 또 다른 역할이 주어질 것이다. 그런데 나는 누군가의 할머니가 되기를 원하는가? 그것은 자연스러운 일일까 아닐까? 나의 의지인가 아닌가?

　　그래서 이제 나는 책을 쓸 준비가 되었는가?

　　나 스스로를 흔들어 보아야, 삶을 단순화시키지 않겠다는 다짐이 있어야 앞으로 쓸 글도 진솔할 거라는 생각이 들었다. 이렇게까지 솔직해도 되나 싶은 쫄리는 마음도 없지 않지만,

글이란 원래 삶의 구체성을 담아내는 것이 아니냐며 이 글 또한 살며시 내밀어 본다.

조혜영의 글

점쟁이의 조언

"그럴 리가 없는데요? 저 환경 영향 어~엄청나게 받아요!"

은밀하게 정보를 받아 간 곳이었다. 몇 날 며칠쯤 배우자가 바람을 피운다는 것까지 맞힌다고 했다. 거의 20년 만의 방문이었다.

"본인은 환경의 영향을 받는 타입이 아니에요. 스스로 개척하는 사람이지. 새로운 사람들 만나서 잘 지낼 거예요. 뭐많이 하고 있네, 이미. 하던 대로 이것저것 배우고 사람들 만나요."

어안이 벙벙해졌다. 나는 스스로를 환경의 지배를 받는 자라고 생각해 왔다. 그런데 갑자기 개척자라니?

상담 후 철학관을 나오는데 머릿속이 피톤치드 숲을 통과한 것처럼 개운했다. 의문과 의심은 이미 구름 걷힌 듯 사라진 지 오래였다. 나는 지난 45년간 숨겨진 정체성을 되찾은 자였다. 불현듯 눈빛은 용맹해지고 어깨는 떡 벌어진 듯하며 입가에는 묘한 미소까지 탑재되어 있었다.

아이가 다른 곳으로 전학하겠다고 해서 전전긍긍하던 터였다. 아이의 인생이 잘못되기라도 한 것처럼 절규했지만 실은 나 자신이 그 학교의 학부모 그룹에서 떨어져 나올 생각에 우울함이 바닥을 치고 있었다.

아이와는 별개로 나는 그 학교를 많이 좋아했다. 아들의 초등학교 시절, 나는 학교에 가지 않는 엄마였다. 도통 시간을 낼 수 없는 직장맘 시절이었고, 잘 모르는 엄마들 사이에 껴서 눈치받을 생각에 벌써 불편했다. 그래서 아예 참여하지 않는 편을 택했다.

이후 아이는 부모 참여가 필수인 대안 중학교에 진학했다. 총회, 반 모임, 학부모 MT, 학부모 축제, 동네 모임에 번개 모임까지. 5인 이상 동시 대면이 어려운 내향인에게 갑작스러운 자극이 마구 쏟아졌다. 그렇게 만 2년, 나는 어쩌다 보니 중앙 무대로 진출한 자가 되어 있었다. 어른들도 성장하자며 우리는 상상과 실험을 시도했다. 학부모 온라인 합창, 아마추어 밴드 조직, 전 가정 크리스마스 선물 직배송 등을 기획해 실행했다. 전문가는 없었다. 그렇게 오합지졸 학부모 군단은 태어난 후 처음, 이제 머리털이 숭숭 빠지는 시기에 이것저것을 찔러보았다. 개중에는 이것이 아이들의 발전과 무슨 관계가 있냐며 정신을 차리려는 자도 있었으나 똘똘이 스머프도, 투덜이 스머프도, now and here에서 몸으로 겪는 즐거움에 도취되어 갔다.

유치원 학예회 발표 시간의 초롱초롱한 눈빛, 같이 뛰는 선수들 간의 울고 웃는 전우애를 그렇게 나이 먹은 사람들이 겪었다. 나는 그때 평범하기 그지없는 나와 평범한 그들 안에서 어쩔 줄 모르는 열정을 보았다. 보통 사람들에게서 퍼버벅 튀어나와 하나로 합체되는 거대한 힘을 보았다. 그리고 나의 말에 귀 기울여주는 그들의 눈빛을 보았다.

언젠가부터 나는 우리의 관계에 진지함과 의미를 얹고 싶어졌다. 그렇게 일종의 스터디 모임을 제안했고, 주제는 자그마치 학교의 철학이었다. 여럿이 모였고, 나는 나에게 집중되는 시선을 최대한 분산시킬 수 있는 대형과 진행 방식을 고민했다. 그렇게 1회 모임을 성공리에 마쳤다. 그리고 아이의 전학이 결정되었다. 모든 것이 순식간이었다. 전학 신청 후 3일, 아이는 새로운 학교에서의 삶을 시작했다.

쫓아낸 자는 없었지만 나는 쫓겨난 자였다. 그 일정, 그 행사는 내가 있어야 할 곳이나 이미 속하지 않은 자였다. 평생 처음 느껴 본 강렬한 소속감과 돌연한 단절에 나는 어쩔 줄을 몰랐다. 그러던 어느 저녁, 그날도 분명 온몸으로 '나 지금 슬픈 중'을 표현하고 있었을 내 얼굴을 힐끗 본 아들이 수저를 내려놓았다.

"엄마가 왜 그런 표정을 하고 있어? 울고 싶은 건 나라고."

마주 앉은 네 명이 조용해졌다. 본인이 그토록 원하는 전학이니 아들이 신나게 다닐 줄 알았다. 그러나 새로운 학교에서의 적응도 만만치 않을 터였다.

그날 이후, 나는 바닥에 쩍 달라붙어 움직이지 않던 나 자신을 조금 당겨보았다. 그랬더니 의외로 조금 딸려 왔다. 그래서 조금 더 당겨보았다. 조금씩, 조금 더.

툭툭 털고 씩씩하게 일어나진 못했다. 나는 혼자지만 눈치 보며 일어나 주변을 두리번거렸지만 아무도 없어서 무안해졌다. 하지만 이내 어디론가로 걸어 나갔고 기웃거렸다. 그렇게 동네 책 모임과 온라인 글쓰기 커뮤니티에 합류했다. 6년 만에 책 리뷰 블로그도 재개했다. 아들의 전학 후 8개월, 나는 이 글을 쓰고 있다.

나는 그날 점쟁이의 말을 믿지 않았다. 나에게 내가 속한 환경은 여전히 중요한 요소이기 때문이다. 그러나 나는 점쟁이의 말 한마디에 함박웃음을 숨길 수 없었던 그때의 나를 보고야 말았다. 그리고 그 순간 퍼뜩 깨달았다. 모든 것은 생각하기 나름이구나…! 그러자 입가에 미소가 지어졌다.

"닫힌 문을 쳐다보지 말고 열린 창문을 찾아라." 90세 할머니가 손녀에게 들려주었다는 말이 떠오른다. 삶은 나를 뜻밖의 곳으로 이끌고 있고 나는 그렇게 나를 맡겨 볼 생각이다. 내게 빛을 내어주는 어떤 창이 있다면 내가 그것을 알아차렸으면 좋겠다. 그리고 그 빛을 향해 뚜벅뚜벅 걸어갈 수 있는 내가 되었으면 좋겠다. 이것이 점쟁이가 말했던 '개척자'일까.

조혜영의 글

내 안에 개그 있다

　오래 살고 볼 일이다. 내가 개그론을 펼칠 날이 오다니. 극 I인 내가! 진지함과 시니컬함의 대명사였던 내가! 낯선 사람들 앞에서 한없이 어색한 내가! 5인 이상 앞에서 손이 떨리는 내가! 이런 내가! 최근 나는 '혜영님 재미있어요', '절대 I 아님', '빤짝빤짝' 심지어 '왜 이렇게 웃겨요?'라는 귀여운 항의까지, 평생 나의 성격으로 규정지었던 것과 전혀 다른 피드백을 심상치 않게 받아왔다. 그때마다 아니라며 과장되게 손사래를 치곤 했지만, 급기야 이쯤 해서 나의 정체성을 재검토해봐야 하지 않나, 라는 사뭇 진지한 생각에 이르게 되었다. 나는 조심스럽게 과거를 역추적하기 시작했고 의외로 몇 가지 중요한 단서를 발견할 수 있었다.

나는 언제부터 웃겼나

1세대 : 자학 개그

기억과 기록으로 유추해 보건대, 큰아이와 다섯 살 터울인 작은아이가 태어나고 직장맘의 육아 전쟁이 본격화되면서 허둥지둥과 실수 연발 상황이 폭증했다. 점심 후 식당의 하드커버 메뉴판을 사무실로 가져온다거나, 식당 앞치마를 매고 거리를 활보한다거나, 코트 주머니 깊숙한 곳에 빠진 카페 진동 벨을 가져오는 등의 주옥같은 에피소드가 그때 다 쏟아졌다. 무언가를 빠트리지 않을까 싶은 강박이었는지 그렇게 뭔가를 주섬주섬 챙겼다. 동행했던 주부이자 동료들도 눈치채지 못했던 것을 보면 그들도 나만큼 정신없었던 것으로 추측된다.

퇴근길, 회사가 있는 강남역 근처의 화장품 가게에는 할인 판매가 한창이었다. 버스를 기다리는 막간을 이용하여 후다닥 아이쇼핑을 하고 나왔다. 광역 버스에 올라타 좌석에 앉자마자 "악!" 하는 나의 외마디 소리에 고개를 번쩍 든 옆자리 여성의 시선이 처음에는 내 얼굴, 이어 내 시선을 따라 '아리*움'이라는 상호가 쓰여 있는 바스켓으로 향했다. 그녀의 표정은 '???'에서 '너 설마… 정말?'이라는 물음으로 바뀌었고, 해명을 원하는 집요한 시선에 나는 갑자기 졸려 죽겠다는 듯 눈을 꽉 감았다. 나는 종종 지인들에게 이러한 실수를 셀프 폭로하곤 했는데, 그들이 깔깔대며 웃는 모습을 보는 것은 즐거웠지만 실상 뒷맛은 까끌거렸다. 게다가 이것이 누적되다 보니 그들도 웃음기를 걷어내기 시작했고 스스로 '나는 사고 치는 사람'이라고 내면화하기에 이르렀다. 시간이 흐르면서 이러한 자학 개그의 황금시대도 저물었다. 물론 아직 종료된 것은 아니다.

2세대 - 자학을 넘어 센스와 위트로

아이가 다니던 학교에는 행사가 많았다. 그곳에서 나는 부모 합창, 학부모 축제, 연말 댄스 등의 기획에 참여했다. 나의 성향과 전혀 맞지 않는 일이었지만 나는 그것을 즐겼고, 더 나아가 기왕 할 거면 재미있게 하고 싶어 하는 내 안의 욕망과 마주쳤다. 무언가를 함께하며 웃음 짓는 그 행위는 매력적이었다. 타인에게 시너지를 불러일으키며 오히려 내 에너지가 충만해지는 실로 짜릿한 경험. 급기야 나는 마음에 맞는 한 학부모와 '광狂 자매'라는 유닛을 만들어 잠시 활동하기도 했었는데, 일종의 부캐 같은 것이었다.

　나는 내가 사람들을 관찰하고 말이나 표정을 조금 섬세하게 캐치한다는 것을 깨달았다. 당시 학부모 간에 전달되는 문서량이 상당했는데 실상 학부모들이 일일이 확인하는 것 같지 않았다. 이에 나는 특정 선생님의 말씀과 말투의 특징을 살려 몇 편의 웹툰 비스름한 에피소드를 만들었다. 처음 해보는 일이었는데 재미있었고, 학부모들의 반응이 뜨거웠다. SNS 소통이 폭발적으로 늘어 피로도가 커지는 상황에서 나는 진정성을 기본으로 간결하고 위트를 담은 메시지가 시선을 사로잡는다는 것을 알아갔다. 또 하나, 사람들은 새로운 언어에 반응했다. 평범한 표현은 그것이 진정성을 담고 있더라도 마음에 와닿는 데 한계가 있었다. 그렇게 나는 점차 센스와 위트의 영역으로 레벨업되어 갔다.

3세대 - 성숙기: 롤모델을 추앙하다

　청년 작가들의 글을 읽다 보면 그들의 위트와 감각에 탄복할 때가 많다. 나는 왜 40대에는 그러한 센스 있는 행보를 찾을 수 없는지 아쉬웠다(내가 찾지 못한 것일 것이다). 그러다 어느 날 갑자기 나타났다! 이반지하(김소윤)는 전시, 음악 등을 하는 종합 문화예술인이다. 직설과 위트가 적재적소에서 튀어나오는 그의 책을 읽고 나는 기쁨으로 무릎을 꿇는 기분이 들었다. '이거다!' 난해한 표현 하나 없이도 개그와 묵직함을 넘나들며 결국은 정곡을 관통하는 그의 글은 그냥 그 자신이었다. 한국 사회에서 성 소수자라는 정체성으로 견뎌주고 롤모델이 되어 주는 그를 나는 추앙했다. 그의 북토크와 전시회를 쫓아다니면서 가슴이 뛰었다. 그리고 또 한 번 깨달았다. 나는 '나다움'을 보여주는 사람에게 정말 푹 빠진다는 것을. 그리고 웃음을 좋아한다는 것을. 나는《아무튼, 술》,《최선을 다하면 죽는다》의 김혼비 작가도 팔로잉한다. 그는 40대 직장인 작가로, 유머리스트라고 불리는 자이다.

30년 지기 절친에게 메시지를 보냈다.

"친구야, 나 좀 웃기는 애였니?"
"?"
"아니, 요즘 나보고 좀 웃긴다고 하는 사람들이 있어서."
"???" "유머러스하다는 의미야?"
"비슷해."
"그래, 너."
"야! 나 진지하잖아!"
"진지해. 진지한데 유쾌해 넌."

나는 그 말이 마음에 쏙 들었다. 진지한데 유쾌했구나, 나. 긍정적 태도, 활력, 타인에 대한 애정 등등, 따라오는 이미지를 기분 좋게 떠올려보았다. 그동안 나는 진지와 심각, 무표정과 피곤함 사이 어딘가로 내 얼굴을 규정짓고 있었다. 불현듯, 나는 어쩌면 조금 웃긴 아이였을지도 모른다는 생각이 들었다. 새벽 다섯 시 반 등교라는 수험생의 처지가 아니었다면 나는 웃긴 청소년이었을지도 모른다. 주변에서 똑순이, 꼼꼼한 아이, 모범생으로 치하하지 않았더라면 나는 꽤 웃긴 어린이이지 않았을까. 인정하자. 학창 시절, 나는 주성치와 짐 캐리의 B급 유머를 좋아했다.

나는 지금 웃어야 한다

멀쩡하게 살다가 갑자기 서 있던 땅이 푹 꺼지는 듯한 어려움을 겪곤 한다. 오늘처럼 예고 없이 아들이 학교를 빠질 때, 내가 의지하는 사람인데 불현듯 벽이 꽉 막힌 듯 대화가 어려울 때, 상처가 다 벌어져 있는 이 참사, 저 참사를 생각할 때, 나는 키보드를 꽝꽝 두드리고 담배를 뻑뻑 피우고 싶은 심정이 된다. 그러나 한숨과 한숨 사이에서 나는 틈틈이 웃고 있다.

28년 동안 코난쇼를 진행했던 미국의 코미디언 코난 오브

라이언은 그의 마지막 방송에서 이러한 말을 남겼다.

"냉소하지 마십시오. 세상 사람 그 누구도 자신의 앞날을 확신할 수 없습니다. 그러나 하루하루를 열심히 살고 사람들에게 친절하게 대한다면 멋진 일들이 일어날 겁니다. 사실이에요! Please do not be cynical. Nobody in life gets exactly what they thought they were going to get. But if you work really hard and you're kind, amazing things will happen. It's just true!"

나는 지금 웃어야 한다.

가자, 나만의 유머로

엊그제 전철, 앞에 앉으신 중년의 아주머니 세 분께서는 별 이야기도 아닌 것 같은데 말끝마다 까르르 까르르 웃으셨다. 오랜만에 만난 동창 사이이신가? 그 모습이 어여뻐서 나는 자꾸 흘깃거렸다. '이쁘네…' 나도 모르게 배시시 웃음이 흘러나왔다.

나이가 들어서도 웃는 사람이 되고 싶다. 여전히 즐거움을 쫓는 할머니가 되고 싶다. 타인의 표정을 잘 살피고 따뜻한 웃음, 너털웃음, 부담 없는 웃음을 나누는 사람이고 싶다. 외향인들 사이에서는 여전히 기가 죽지만 내향인들 사이에서 잔망미를 부리는 유쾌한 내향인 정도라면 괜찮지 않을까? 그렇게 몽글몽글한 핑크빛 웃음으로 물드는 공간을, 나와 당신을 상상해 본다. 씨익, 웃음이 난다.

조혜영의 글

중년이 노년에게

올해 우리 아부지가 팔순이 되셨다. 그리고 작년부터 누누이 말씀해 오신 '수필집 한 권'에 대한 소망을 강조하시며 나에게 조심스레 원고를 넘기셨다. 출판은 안 할 거고, 그냥 한 권으로 묶어만 달라셨다.

평생 언론인이셨던 아부지. 필드를 떠나신 지 10년이 훌쩍 넘었지만, 그간 쓰신 논평, 사설, 취재 글이 상당할 터였다.

아빠가 매일매일 수십 번은 더 보고 고치고 추려냈을 글들. 독수리 타법으로 한 땀 한 땀 타이핑하셨을 원고를 USB에 담아왔다. 그게 A4 파일로 장장 200 페이지. 책으로 만들면 400페이지가 넘을 분량이었다. 나는 기겁했다.

원고를 받은 지 수개월이 지났고 아빠는 진행 상황이 몹시나 궁금하셨겠지만, 일하랴 육아하랴 바쁜 딸내미에게 채근하지 않으셨다. 궁금하다고 단 한 번을 전화하지 않으셨지만 얼마나 연락을 기다리고 계실지, 눈에 선했다.

그럼에도 나에게는 나의 일상이 먼저였다.

"한번 읽어 보았니?"

"네, 그럼요. 한번 쭉 읽어 봤지요. 띄어쓰기랑 고칠 것도 좀 고치고."

"그래, 다 읽어봤다는 거지..."

전체 사분의 일도 읽지 않은 상태로 한 달이 또 지났지만 나는 아무렇지 않게 거짓말을 했다. 그리고 아빠의 생신 달이 되자 올해를 넘기면 안 되겠다는 생각이 들었고, 짜증이 스멀스멀 올라왔다. 나 또한 이번 달에 책을 내야 하는 스케줄이 있어서 눈코 뜰 새 없이 바쁜 와중이었다. 내 코가 석 자였다. 아니, 내 것이 먼저였다. 사실 아빠가 부탁하신 건 수개월 전인데, 나는 그렇게 아빠의 원고가 귀찮아졌다.

대강 원고를 훑어나갔다. 띄어쓰기와 철자 오류 등이 빈번했고, 그 세대 특유의 꼬장꼬장한 글귀를 발견할 때마다 나는 그냥 지나치지 못하고 혀를 끌끌 찼다. 나와 반대편에 서 있는 정치색이 들어간 텍스트 한두 줄에도 기겁했다.

초등학교 2학년 딸이 늙은 아빠가 부끄러우니 학교에 오지 말라고 해서 충격을 받았고, 그래서 당시 흔하지 않은 하안검 수술을 받았다는 내용은 금시초문이었다. 내가 그런 말을? 그렇다고 아빠가 충격을? 병원에 누워서 떨고 있는 아빠의 모습을 생각하니 짠하기도, 귀엽기도 했다. 세상에, 귀엽다니!

아빠의 어린 시절에 대한 글도 있었다. 시골 동네에서 유일하게 중학교에 진학했고, 이후 고등학교에 진학하고 싶은 열망에 어머니(나의 할머니)와 작전을 세우고 1년 동안 아버지 몰래 밤낮으로 일하여 고등학교 입학금과 교통비를 마련했다. 가난한 집안의 맏아들인 아빠는 농사에 큰 일꾼이었다. 그러나 그는 식구들이 잠든 어느 날 밤, 마당에 서서 눈물을 흘리며 절한 후 서울 가는 버스에 몸을 싣고 야반도주를 하였다. 겨우 고등학교에 들어갔지만, 며칠을 굶어서 길바닥에서 쓰러지는 일도 있었고, 이것저것 물건을 떼어다가 파는 모습이 부끄럽다며 선배들에게 두들겨 맞은 적도 있었다. 동기들보다 3년 늦게 고등학교에 입학했고, 학생이었지만 홀로 생존해야 했기에 또래 친구를 사귀지 못한 것은 평생 아빠의 외로움이 되었다. 나는 이렇게 자세히 알지 못했다.

지금으로부터 10여 년 전, 쌀이 없다며 동반 자살한 송파 세 모녀 사건 기사에 아빠는 충격을 받았다. 쌀만 있었다면 하는 마음에 쌀 나눔회를 결성했고, 이후 매월 한 번씩 지역의 독거노인 가정에 쌀을 배달했다. 주택은 언덕 끝이나 엘리베이터가 없는 등 열악한 곳에 있었다. 모두 노인인 아빠가 이고 지고 배달했다. 총 100포. 지난 세월, 나는 아빠의 이러한 행보에 무심했다. 아니, 코웃음 쳤다. 왜 그리 가족에게 생색을 내시나 못마땅했다. 그러다 아빠와 쌀 봉사로 이어진 인연이었으나 돌아가신 한분 한분의 표정, 특징, 하신 말씀을 세세히 기록해 놓은 아빠의 글을 보는데 돌연 눈물이 툭 떨어졌다. 혹시 다음 달 방문 시 돌아가시지 않으셨을까, 조마조마한 마음으로 한 달을 보낸다는 글에 마음이 아팠다. 나를 기억해 주는 누군가가 있다는 것, 기록의 힘이었다.

자화자찬하더라도 봉사하는 자와, 하지 않는 나의 차이는 명백하지 않을까. 팔순인 아빠의 쌀 배달은 이제 어렵지 않을까. 아니, 처음부터 어려운 일이었다. 아빠가 돌아가시면 어떻게 할 생각이실까. 나는 왜 지금까지 한 번도 여쭤보지 않았을까.

그렇게 이런저런 생각을 하던 중, 시 한 편이 눈에 들어왔다.

허무

장롱 속 깊은 곳 빛바랜 보석
갈고닦아 가슴에 품어볼 겨를도 없이
여름밤 장대비 되어 산산이 부서졌네
탐스럽게 익은 열매(자식)도 떨어지고
다시 일굴 논·밭, 농부도 없네
그래서 내 인생은 휴지처럼 구겨진 삼류 소설

2004년 11월 24일
예쁜 딸 혜영을 생각하며

멍해졌다.
11월 24일. 내 결혼식 전날.

결혼식 생각에 사로잡혀 부모의 마음은 안중에도 없을 시기였다. 아니 그 후에도, 지금까지도, 당시 아빠의 마음은 떠올려본 적이 없었다. 딸의 결혼식을 앞두고 아빠는 자신의 인생이 구겨진 삼류 소설처럼 허무하셨나 보다. 아빠에게 나는 보석이었구나. 품어볼 겨를도 없었던 보석. 평생 다정한 아빠역할과는 거리가 먼 사람. 입으로 나온 말이란 말은 죄다 칼

같았고 그 칼로 가족들을 마구 쑤셔댔던 아빠.

"한번 읽어 보았니?"
"네, 그럼요. 한번 쭉 읽어봤지요. 띄어쓰기랑 고칠 것도
좀 고치고."
"그래, 다 읽어봤다는 거지..."

본인의 인생을 담은 글을 읽었다는 딸내미의 얼굴을 살펴
보며 아빠는 어떤 말을 기다리셨을까. 혹은 기대하셨을까. 정
작 나는 읽지 않았다는 거짓말을 숨기기 위해 아빠와 눈도 마
주치지 않고 그 순간을 모면하기 바빴는데.
뭐가 그렇게 바빠서. 뭐가 중요한데.

"학습자님들이 외롭지 않은 교육을 하고 싶어요. 단순히
글을 읽고 쓰는 교육이 아니라 학습자님의 삶을 이해하는 과
정이라는 것을 느끼면서 가볍게 생각한 저 자신이 부끄러웠
습니다."

마을 어르신들께 시화를 가르치는 몽돌학당 전혜숙 강사
의 말이 떠올랐다.

은퇴 후 뜻하지 않게 문인의 길을 걷게 되었다. 수필을 쓸 때마다 신변잡기식 잡문이 되지 않기 위해 각고의 노력을 해 보지만, 오늘도 그 범주를 벗어나지 못한 것 같아서 뒷맛이 씁쓸하다. 2017.3. _아빠의 글에서.

기분이 묘했다. 나는 평생 아빠를 원망했다. 그런데 이제 중년의 딸과 노년의 아빠가 같은 선상에서 비슷한 고민을 하고 있다. 이 동지애가 썩 나쁘지 않다. 퍼뜩, 이 기록을 오랫동안 어루만지게 되겠구나, 싶었다. 책의 편집자는 책의 저자와 함께 성장하는 관계라고 한다. 아버지 책의 편집자로서, 이 시간을 잘 채워나가야겠다.

조혜영의 글

나 혼자 가겠습니다,
거기

"엘리자가 내 댓글에 댓글을 달았어!!!"
"엘리자가 누군데?"
내가 흥분해서 꽥 소리를 지르자, 남편이 물었다.

엘리자, 올해 만난 내 인생 책의 저자. 여성 평등을 위해 오늘도 나아가고 있는 사람. 작가이자 다섯 아이의 엄마인 사십대 후반 여성. 캐나다 깡시골에서 살다 대학 시절 아이슬란드 남자와 사랑에 빠져 이민 온 여자. 루이뷔통과 베르사체를 구분하지 못하며 국가 간 행사 때에도 아이슬란드의 '아름다운 가게'에서 산 옷을 입는 사람. 그리고 현 아이슬란드 대통령 부인. 아이슬란드 여행이 확정되고 관련 책을 몇 권쯤 읽었을 때 그녀의 책 《스프라카르》를 만났고 그것은 나에게 엄청난 발견이었다.

시작은 올봄에 만난 책 한 권이었다. 《행복의 지도》의 저자 에릭 와이너는 행복 지수가 높은 몇 개국에 무작정 날아가 그곳을 체험해 본다. 실패는 성공의 어머니가 아니라 실패 자체를 찬양하는 나라, 인구 당 책 구매율 전 세계 1위, 전 국민의 상당수가 아마추어 작가 혹은 음악가, 내가 사는 도시의 3분도 1도 안 되는 총인구 32만 중 3만 명이 책을 내 본 적이 있고 노벨문학상 수상자가 있는 나라. 그 책의 '아이슬란드 편'을 읽는데 심장이 요동쳤다. 이것은 운명이다! 20년 전 캐나다의 생소한 어린이도서관에서 나도 모르게 누워 버린, 어쩌면 처음부터 자유로웠을 영혼을 발견한 것처럼, 이제 다시 때가 되었구나, 싶었다. 그렇게 나는 내년 봄에 출발하는 아이슬란드행 항공권을 질렀다. '훌륭한 보통 여자들의 연대'라는 나의 막연한 꿈에 아이슬란드가 그 시작이면 좋겠다는 역시나 막연한 생각을 하면서.

2016년, 정치 경험이 전무한 구드니는 사회분석가로 TV에 첫 출연한다. 정치에 대한 탁월한 분석과 공정한 프로그램

진행으로 사람들의 눈에 띈 그는 그해 아이슬란드 대통령 선거에 무소속으로 출마하게 되고, 당선된다. 그리고 지금까지 대통령직을 이어가고 있다. 엘리자는 그렇게 돌연 대통령 부인이 된다. 이 재미있는 이야기를 취재하고자 전세계에서 몰려든 기자들에게 둘러쌓여 혼미스러운 몇 달을 보내고 그녀는 생각한다. '그런데 내 남편이 대통령이 됐다고 내가 왜 직장을 바꿔야 하지?', '왜 사람들은 나의 신데렐라 스토리에만 관심이 있지?', '가만, 내가 가진 상황을 좀 더 여성 사회에 좋은 방향으로 이용할 수 있지 않을까?'

그녀는 이미 수년 전부터 아이슬란드 여성 북클럽 등의 여성 연대를 해오고 있었다. 처음부터 페미니즘을 울부짖은 것은 아니다. 아이 딸린 이혼남 대학생과 사랑에 빠져 언어가 통하지 않는 아이슬란드로 무작정 날아왔을 때처럼 그녀는 재미있고, 따뜻하며, 강인한 영혼에 이끌려 왔고, 그렇게 스프라카르, 즉 '아이슬란드의 비범한 여성들'에게 조금씩 빠지기 시작한다. 이 책은 그녀가 만난 스프라카르의 이야기이다.

책을 통해 알게 된 그네들의 모습은 나로서는 혁명과 같아서 같은 지구의 이야기처럼 들리지 않았다. 1975년, 아이슬란드 여성들은 직장과 가사에서 동시에 손을 놓는 '여성 휴업'을 선포했다. 1980년에는 유럽 최초 여성 대통령이 탄생하여 16년 동안 대통령직을 수행했다. 2016년 대통령 선거에서 구드니에게 아쉽게 패한 토라는 선거운동 중간에 2주간 휴가를 다녀온다. 셋째 아이를 출산하기 위해서이다. 아이슬란드에서는 약 30%의 여성만 결혼 후 아이를 낳는다. 당시 토라도 (구) 남친의 아이를 출산했다. 이에 대한 사회적, 법적 차별은 없다. 여성의 경제 활동 참가율은 88%로 OECD 국가 중 1위이다.

아이슬란드에 대해서 알아가고 있는 사실이 너무 많아서 숨이 가쁘다. 나는 얼마 전 인스타그램을 시작했고 엘리자를 찾아내어 그녀의 글에 댓글을 썼다.

"여기 코리아에서 코리언 아줌마 한 명도 당신의 책을 읽고 있어요!"

남편은 누구나 이미지 관리를 위해 SNS를 한다며 대수롭지 않게 여겼지만, 나는 인스타 햇병아리 아닌가. 그녀가 달아준 "책을 읽어줘서 고마워요"라는 짤막한 댓글 하나로 초흥분 상태인 나를 내버려 두길.

놀란 가슴을 진정시키고 생각해본다. 그녀는 대통령 부인으로서만 전면에 서 있는 것이 아니다. 그녀는 성평등의 완벽한 실현을 위해 여성들에게 러브 레터를 보내고 있으며 동시에 자신에게 쏟아지는 관심을 현명하게 이용하고 있다. 그 어느 때보다 '지구촌'이라는 오래된 단어를 실감하고 있는 지금, 나는 한국인으로, 엄마로, 여성으로 무엇을 할 수 있을까? 이 책을 통해, 그녀를 통해 배운 것을 당장 내 삶에 적용해 봐야 하지 않나? 내일 만날 친구한테 이 이야기를 스윽 전달해 봐야 하지 않나?

그리고 아이슬란드에서는 유명인들도 수도인 레이캬비크에서 쉽게 마주친다는데, 혹시, 정말 혹시 엘리자와 마주칠수도 있지 않을까? 그럼 뭐라고 말을 걸어야 할까? 이렇게 오늘 아침도 혼자 지지고 볶느라 머릿속이 바쁘다.

덧붙임

위의 글을 쓴 후 몇 달이 지났다. 아이슬란드 계획은 이후 나의 삶에 강력한 동력이 되었다. 어쩌면 그곳에 대한 내 마음에는 환상이 잔뜩 끼어있는지도 모르겠다. 그러나 그렇게 시작된 애정이 그 나라의 사회, 문화, 사람에 대한 관심으로, 그리고 돌고 돌아 나와 내 주변에 대한 나 자신의 조금 달라진 시선으로 이어지는 것이 신기하다. 삶이 나를 이끌어주는 방식이 신비롭다.

최근 아이슬란드의 화산 폭발이 심상치 않다. 아이슬란드에 가고 싶은 나의 마음은 여전하나 가까운 미래도 예측하기 어려운 상황이다. 이번에도 나는 삶이 나를 어디로 데려가는지 지켜보기로 했다. 삶이 내 옆구리를 슬쩍 밀어주길 바라면서. 이렇게 조금 마음의 크기가 커진 척, 연륜이 조금 쌓인 척을 해 본다. 어쩌면 그사이 나란 존재는 조금 성장했을지도 모르겠다.

조혜영의 글

에필로그

◇◇

나는 지난 3년간 책모임을 운영하였고 거의 500권 가까운 책을 읽었습니다. 책을 읽기 시작한 첫해에는 한 달에 20권 이상을 읽을 정도로 푹 빠졌습니다. 책을 읽으면서 나의 내면은 단단해졌고, 그 단단한 내면은 다이어트 성공, 박사학위 취득과 같은 성과로 표출되었습니다. 나의 성과는 책모임이 그 시작이었습니다. 매일 책을 읽은 후부터 나는 새로운 도전이 두렵지 않았습니다. 이번에도 그 새로운 도전의 첫발을 내딛으려 합니다. 이 책이 나의 작가 인생의 첫걸음이 되기를 바래봅니다. _박정원

'아이에게 인생을 이렇게 살아라' 잔소리 대신 엄마가 인생을 어떻게 대하는지 다이어리와 일기장에 기록합니다. 엄마는 세상에 먼저 온 선배로서 후배인 딸을 위해 삶의 희로애락 엄마의 좌절과 성취를 글로 남겨 놓습니다. 기록의 연장선에서 이 책을 써 내려갔습니다. 책쓰기에는 아직 미천한 실력이지만, 이 또한 엄마의 도전으로 아이가 알아주었으면 합니다. 이번 공저책 쓰기를 통해 한 단계 성장하는 계기가 되었고, 또 다른 계획을 하게 되었습니다. 혼자였으면 할 수 없는 일을 함께한 작가님들의 도움으로 완성할 수 있었습니다. 그리고 처음부터 끝까지 성심을 다해주신 변은혜 작가님에게 감사합니다. _신성욱

지금껏 나의 일기는 나의 가장 어두운 마음을 털어놓는 고해성사였습니다. 그래서 이 마음들을 세상에 글로 내어놓는 것은 큰 용기가 필요했습니다. 하지만 아이러니하게도 이 마음들을 인정하고 내어놓으니, 비로소 삶이 더 편안하고 행복해집니다. 고된 현실 속 나의 의미를 찾는 치열한 과정 속 나는 항상 내가 생각한 것보다 더 괜찮고, 멋진 사람이었습니다. 이 책은 이런 나를 인정하고, 무엇이든 일단 시작해 보는 새로운 모습의 삶을 살기로 다짐한 나의 첫 발걸음입니다. 포기하지 않게 도와주셔서 감사합니다. _양지애

오랜 시간 책 읽기만 해왔습니다. 주변에서 아무리 글쓰기가 좋다고 해도 귀에 들어오지 않았습니다. 책마음 커뮤니티에 참여하며 서서히 글쓰기를 알았고, 마흔이 넘은 이제야 글쓰기를 시작했습니다. 뒤늦게 시작한 글쓰기는 시간 가는 줄 모르고 몰입하게 만드는 힘이 있었습니다. 이 책이 시작입니다. 틈나는 대로 읽고 쓰고 배우며, 매일 조금씩 단단하게 성장하는 '진짜 어른'이 되려고 합니다. 이 책을 쓰며 행복했습니다. _이선미

어느날 정신을 차려보니 중년이 되어 있었습니다. 지난 한 달, '중년'에 대해 글을 쓰며 이 시기를 어떻게 보내고 싶은가를 스스로 찬찬히 살펴볼 기회를 얻었습니다. 정말 운이 좋았어요! 이번 에세이를 쓰고나서 마음이 가벼워졌고 행복합니다. 함께 한 다섯 분의 작가님들과 '중년'이라는 멋진 키워드로 공동 저자 에세이 출간을 추진해주신 변은혜 대표님께 진심으로 감사드립니다. _조은아

괴로움으로 바닥으로 꺼지고 있던 어느 날 독서와 글쓰기가 손을 내밀었고 그렇게 주섬주섬 일어났습니다. 이 책을 만들며 진실하게 글을 쓰고 있는지 스스로에게 여러 번 질문했고 글에 대해 정성스러운 마음을 가지게 되었습니다. 가지각색 영롱한 진주를 발견하듯이 나와 당신의 매력을 계속 발굴하고 싶습니다. 저의 이야기를 들어주실래요? 그리고 당신의 이야기도 들려주세요. _조혜영